Fang Fang

Wütendes Feuer

Roman

Aus dem Chinesischen von
Michael Kahn-Ackermann

Hoffmann und Campe

Die Originalausgabe erschien 2002 unter dem Titel
Benpao de huoguang bei New World Press (新世界出版社).

1. Auflage 2022

www.hoffmann-und-campe.de
Umschlaggestaltung und Umschlagmotiv:
© Hauptmann & Kompanie Werbeagentur, Zürich
Satz: Dörlemann Satz, Lemförde
Gesetzt aus der Sabon
Druck und Bindung: GGP Media GmbH, Pößneck
Printed in Germany
ISBN 978-3-455-01384-9

HOFFMANN
UND CAMPE

Ein Unternehmen der
GANSKE VERLAGSGRUPPE

1. Kapitel

Wie soll ich darüber sprechen?, überlegt Yingzhi.

Sie sitzt aufrecht gegen die Wand gelehnt. Der Putz ist übersät mit schmutzigen Flecken in allen Farbschattierungen, eine Schicht über der anderen. Immer wenn sie den Horror der vergangenen Tage aus ihrem Gedächtnis bannen will, starrt sie auf diese Flecken und versucht, sie zu enträtseln. Wer hat die ersten hinterlassen? Sind sie aus Achtlosigkeit entstanden oder das Ergebnis von Gefühlsausbrüchen? Dass keine der Frauen, die hier Zeit verbracht haben, in heiterer Gemütsverfassung war, versteht sich von selbst.

Sie blickt auf die Zeile tiefroter Schriftzeichen auf der Wand ihr gegenüber. Sie sind mit Blut geschrieben worden. Krumm und schief, als sei jedes von ihnen Teil eines zerstückelten Menschen. Warum hast du mich nicht geliebt?, fragt die Wand.

Ach, eine, die sich nicht aus den Klauen der Liebe befreien konnte, denkt Yingzhi seufzend. Aus Liebesgründen zu sterben, ist hinnehmbar, wenigstens war man mal glücklich gewesen. Aber warum trifft es mich?

Die neben ihr schlafende Schwester* Yu hat ihr erzählt, dass die Schriftzeichen von einer gewissen Fen Ping stammen. Deren Freund hat sie in den fünf Jahren ihres Verhältnisses viermal zu einer Abtreibung genötigt, um ihr dann eines Tages aus heiterem Himmel und leichthin mitzuteilen, er hätte sie nie geliebt. Im Zorn hat sie ihm Gift ins Essen getan. Der Kerl starb daran, im Sterben verfärbte sich sein Gesicht grünlich. Fünf Monate hat Fen Ping in dieser Zelle auf ihre Hinrichtung gewartet, bevor sie exekutiert wurde. Es sei an einem Frühlingstag geschehen, alle hätten darüber geredet, wie herrlich jetzt draußen wohl alles in Blüte stehe, auch Fen Ping beteiligte sich, erzählte davon, wie sehr sie am Hennastrauch hinter der Hofmauer ihres Hauses hing. Mittendrin seien Leute erschienen und hätten sie abgeführt. Allen war klar, dass sie nie wieder zurückkommen würde.

Oben an der Wand, knapp unter der Decke, befindet sich ein Fenster. Tagsüber verfärbt es sich grauweiß, als hätte jemand ein Papier draufgeklebt. Es ist für Yingzhi unmöglich, den Weg der Sonne zu verfolgen. Sie ist sich nicht sicher, ob ihre Augen nicht grundsätzlich die Fähigkeit verloren haben, das Sonnenlicht wahrzunehmen.

Nacht für Nacht überfällt Yingzhi das Gefühl, von Flammen verfolgt zu werden. Von einem rasenden Feuerball, dessen Flammen hoch in den Himmel schlagen. Kommt ein Windstoß, stieben die Funken alle in eine Richtung. Zuckende Feuerzungen verformen sich zu furchterregenden Mäulern. Seltsame Schreie tönen daraus hervor, und von allen Seiten der Wildnis hallt schmerzvoll das Echo wider.

Das seien Albträume, sagt Schwester Yu. Alle, die hierherkommen, hätten Albträume. Und jeder Albtraum sei erfüllt

* Hier Bezeichnung für eine vertraute weibliche Person, bedeutet keine familiäre Beziehung.

von Angst und Schrecken. Aber Yingzhi weiß, dass das nicht die ganze Wahrheit ist.

»Ich muss alles loswerden«, sagt sie. »Von Anfang an.«

Als sie den Mund öffnet, schießen ihr die Tränen in die Augen. Sie hat den Impuls, ihre Geschichte zu erzählen, aber es fühlt sich an, als würde ihr Inneres von Messern zerfetzt. Doch sie begreift, dass sie sprechen muss, sonst erlischt dieses Feuer niemals, selbst nach ihrem Tod nicht.

2. Kapitel

Angefangen hatte es im Herbst.

Für ein Mädchen vom Dorf wie Yingzhi rannen die Tage in allen vier Jahreszeiten gleichförmig und ereignislos dahin. Sie hatte dieses Jahr die Obere Mittelschule* abgeschlossen, an der Aufnahmeprüfung zur Universität hatte sie nicht teilgenommen. Die Universität hatte keine besondere Anziehungskraft für Yingzhi. Wozu sich mit einem mühevollen Studium plagen? Wie zum Beispiel Chunhui, Mitschülerin aus ihrem Dorf, die sich durch übermäßiges Lesen die Augen verdorben hatte und kaum noch die Straße vor sich erkennen konnte. Oder ihr Mitschüler Yonggen, der sich geradezu wie ein Idiot anstellte. Yingzhi hatte ihnen oft genug aus Schwierigkeiten geholfen. Chunhui etwa klammerte sich an sie, wenn sie nachts unterwegs waren. Yonggen hatte sie immer wieder um Hilfe gebeten, wenn ihm die Fahrradkette abgesprungen war. Yingzhi empfand Genugtuung darüber, dass sie nicht gewor-

* Letzte Stufe der zehnjährigen Schulausbildung, die anschließende Universitätsaufnahmeprüfung (*gaokao*) entscheidet über die weiteren Bildungschancen.

den war wie die beiden. Sie spürte daher keinerlei Bedauern darüber, an der Aufnahmeprüfung für die Universität nicht teilgenommen zu haben. Als sie aus dem Schultor trat, stand ihr Entschluss fest. Nie wieder wollte sie eine Schule betreten. Sie hatte einen Seufzer der Erleichterung ausgestoßen.

Yingzhis Heimatdorf hieß Fenghuangyuan, Phönixdamm. Es lag nur ein paar Kilometer von der Kreisstadt entfernt. Die Bewohner des Dorfes standen im Ruf, Schlauköpfe zu sein. Aber Fenghuangyuan war durch die Schlauheit seiner Bewohner keineswegs wohlhabend geworden. Yingzhis Familie gehörte zur gehobenen Mittelschicht des Dorfes. Ihr Vater arbeitete zwar auf dem Feld, doch ihre Mutter hatte am Dorfeingang einen kleinen Laden aufgemacht, wo sie Dinge des alltäglichen Bedarfs verkaufte, und war daher geistig etwas beweglicher als diejenigen, die lediglich Feldarbeit leisteten. Abgesehen von San Huos Familie, der reichsten im Dorf, gab es womöglich keine bessergestellte Familie in Fenghuangyuan als die von Yingzhi.

Dass sich die gesamte Cleverness von Fenghuangyuan auf die Person San Huo konzentrierte, war ein beliebter Spruch im Dorf. Yingzhi kannte ihn seit ihrer Kindheit. San Huo hatte es bis auf die Kreismittelschule geschafft. San Huo war während der Kulturrevolution* Anführer der Rotgardisten gewesen, die jungen Leute waren ihm blind gefolgt, sogar bis nach Hankou**. Als Mann mit Einfällen und großer Entschlusskraft verdiente er in den folgenden Jahren eine Stange Geld. Er kehrte in sein Heimatdorf zurück und war im Winter, wenn die Feldarbeit ruhte, die meistbesprochene Person unter den Dörflern. San Huos Vater war ein anerkannter

* 1966–76. Von Mao Zedong initiierte radikale Massenbewegung mit Millionen Opfern. Die Mitglieder der Jugendorganisation hießen Rotgardisten.

** Stadtteil von Wuhan, Hauptstadt der Provinz Hubei.

Sänger gewesen. Fand im Umkreis von mehreren Kilometern eine Hochzeit oder eine Beerdigung statt, wurde er als Sänger hinzugebeten. Bei Hochzeiten sang er Opernarien, bei Beerdigungen Trauergesänge. Selbst während der schlimmsten Zeiten war es seiner Familie nie schlecht ergangen. Nach dem Tod des Vaters war San Huo die einzige Stütze der Familie, er gab daher sein unstetes Leben auf und übernahm das väterliche Gewerbe. Er hatte weder die Stimme noch das Talent seines Vaters, aber das spielte keine Rolle. Er stellte auf eigene Faust eine Musiktruppe zusammen, die sich San-Huo-Band nannte. Bestand irgendwo Bedarf für musikalische Begleitung, rief man die San-Huo-Band. Er fuhr auf seinem Fahrrad kreuz und quer durch die Dörfer, und wo immer der Ruf nach Musik laut wurde, stellte er im Handumdrehen Sänger, Suona-Bläser, Huqin-Streicher*, Trommler und Zupfer zusammen. Er selbst sang nicht, auch blies, trommelte, strich oder zupfte er nicht, er kassierte lediglich seine Provision. Er verfügte über ein geöltes Mundwerk und scheute keine Mühe. So kam es, dass sein Ruf sogar den seines Vaters übertraf. Als Erster im Dorf baute er ein Haus aus Backsteinen**, weiß verputzt mit roten Dachziegeln. In den Zimmern hingen elektrische Lampen von den Decken. Wenn sie nachts leuchteten, strahlten sie den Leuten ins Gesicht und waren Gegenstand heftigen Neids unter den Dorfbewohnern. San Huos Fähigkeit bestand darin, unabhängig vom Auf und Ab und den Wechselfällen der Zeiten Geld zu machen. Die beiden älteren Brüder Yingzhis hatten den Ehrgeiz gehabt, es ihm gleichzutun. Der eine ging nach Kanton***, der andere in den Nord-

* Chinesische Blas- und Streichinstrumente.

** Üblicherweise waren die Häuser in den Dörfern in dieser Region Lehmbauten.

*** Provinz in Südchina, Zentrum des chinesischen »Wirtschaftswunders«. Die Provinzen im Nordosten waren Zentrum der chinesischen Schwerindustrie.

osten, beide rackerten bis zum Umfallen, aber sie kamen mit leeren Händen zurück, so wie sie fortgegangen waren. Einer der beiden brachte noch eine Geschlechtskrankheit mit nach Hause. San Huo brach bei ihrem Anblick in schallendes Gelächter aus. Sein Lachen klang wie das Wüten eines Sturms, der mit explosionsartigen Geräuschen über die Köpfe fegt. Man dachte unwillkürlich, das Lachen müsste ihm den Magen zerfetzen. Den bedauernswerten Brüdern Yingzhis blieb keine Wahl, als unter San Huos Gelächter an ihren angestammten Platz zurückzukehren – den Mahjong-Tisch. »Entweder betreibt ihr das eine oder das andere«, sagte San Huo zu ihnen. »Es ist vorbestimmt. Glaubt ihr ernsthaft, ihr könnt daran etwas ändern?«

Mit seinen bald achtundvierzig Jahren hatte San Huo ebenso viele Falten im Gesicht wie Yingzhis Vater, der mehr als zehn Jahre älter war als er. Auf sein Gesicht deutend erklärte San Huo: »Es ist wissenschaftlich erwiesen, dass ein Mensch umso klüger ist, je mehr Furchen und Windungen er im Hirn hat. Bei mir ist das Hirn so voll davon, dass sich alles von innen her ins Gesicht herausgedrückt hat.« Mit derart stinkendem Eigenlob sparte San Huo nicht. Seit ihrem dritten Lebensjahr konnte Yingzhi ihn nicht leiden, und daran hatte sich seither nichts geändert.

Davon hatte San Huo jedoch keine Ahnung, als er am Tag nach Yingzhis Schulabschluss auf der Suche nach ihr mit breitem Lächeln am Hoftor erschien.

Yingzhi saß im Hof und spielte unbeschwert mit ihrem Neffen Shaoya Karten. »Hallo, Yingzhi, wieder daheim?«, sagte San Huo. Yingzhi reagierte, ohne den Kopf zu heben, mit einem undefinierbaren Grunzen und fuhr dann ihren Neffen lautstark an: »Gemogelt wird nicht!«

»Yingzhi«, sagte San Huo, »die Kartenklopferei ist doch witzlos. Damit verdienst du keinen Fen.«

Yingzhi warf ihm einen schrägen Blick zu: »Ich brauch kein Geld zu verdienen. Meine Eltern verdienen genug für uns alle.«

San Huo lachte kurz: »Und wer verdient für dich, wenn du alt bist?«

Yingzhi antwortete nicht, aber sie gestand sich ein, dass er recht hatte. Shaoya sagte: »Was geht dich das an? Die Tante hat eben Lust aufs Kartenspielen.«

»Aber wenn es eine Gelegenheit gäbe, Geld zu verdienen? Frag deine Tante, ob sie dann immer noch lieber Karten spielt.«

Yingzhis Herz setzte für einen Schlag aus. Ob man es zugab oder nicht, jeder würde gern Geld verdienen! Aber sie konnte San Huo nun mal nicht ausstehen.

Ohne San Huo zu antworten, sagte sie zu Shaoya: »Spiel aus und lass das dumme Geschwätz.«

»Keine Lust, Geld zu verdienen?«, fragte San Huo.

»Wie sollte eine wie ich an Geld kommen? – Joker!«

»Und wenn das Geld zu dir kommt?«

Yingzhi lachte laut auf: »Na, dann würde ich zugreifen.«

Erfreut gab San Huo ein dröhnendes Lachen von sich. Das Geräusch klang in Yingzhis Ohren wie das Kreischen einer Säge und tat ihr im Kopf weh. »Verzieh dich, wenn du unbedingt lachen musst. Ich krieg Kopfweh davon.«

»Schon gut, schon gut. Was ich dir jetzt sage, wird deinen Kopfschmerz vertreiben.«

Er begann ihr zu erklären, dass heutzutage in den Dörfern niemand mehr bei Hochzeiten oder Beerdigungen Opernarien und Trauergesänge hören wollte. Die Zeiten hätten sich geändert, die alten Musikdarbietungen seien passé. Jetzt wollten die Leute populäre Musik hören, vor allem die Schlager aus Hongkong und Taiwan, dieses Gesäusel und Geschluchze ohne Sinn und Verstand, aber die Leute wollten das nun mal hören. Deshalb müsse sich die San-Huo-Band völlig umstellen. Er habe für teures Geld eine Karaoke-Anlage gekauft, dazu Lautsprecher, und ein paar junge Leute zum Singen engagiert. Damit sei er im letzten Monat ins Dorf Liujiawa gefahren, und siehe da, kaum habe er die Bühne aufgebaut und die Lautsprecher aufgedreht, seien die Leute in Massen herbeigeströmt. Auch die folgenden Auftritte hätten die Leute begeistert. Sie hätten in einem fort Lieder bestellt, die Band sei kaum nachgekommen. Jetzt kämen die Leute sogar von jenseits des Stromes extra herübergerudert, um die Band abzuholen. In einem Monat würden die Ergebnisse der Universitätsaufnahmeprüfungen verkündet. Die Familien, deren Sprösslinge bestanden haben, würden unbedingt Bankette veranstalten. Die ersten Bestellungen seien schon eingegangen. Heute liege der Preis für einen Auftritt bei fünfhundert Kuai*, wenn alles gut liefe, würde er auf sechshundert steigen. Hinzu käme das Geld für bestellte Lieder, da wäre jeder einmal an der Reihe. Für jeden Auftritt bedeute das einen Verdienst von ein paar zig Kuai pro Nase.

»Im Moment habe ich drei Jungs, einer bedient die Musikanlage, die beiden anderen singen, damit kommen wir hin. Aber ich hab nur ein Mädel. Fehlt es an Mädels, verdirbt das die Stimmung. Ich weiß, dass du gut singen kannst, ich hab dich vergangenes Jahr einmal ›Neunundneunzig Rosen‹ singen hören, das war richtig gut. Machst du mit?«

Yingzhi jubelte innerlich. Singen gehörte seit jeher zu ihren Lieblingsbeschäftigungen. Wie ein Schlagerstar zu singen und dabei noch Geld zu verdienen, das wäre das Größte. Aber nach außen hin zeigte sie sich unbeeindruckt: »Du machst dich über mich lustig!«

* Einheit der chinesischen Währung Renminbi: Yuan, volkstümlich »Kuai«.

»Warum sollte ich? Heute Nachmittag gibt es einen Auftritt, einmal auf die Bühne, und dann das Geld auf die Hand. Komm mit und probier's aus, ich will auf dem Bauch dreimal um euer Haus herumkriechen, wenn für dich nichts dabei rausspringt.«

Damit überzeugte er Yingzhi, dass er es ernst meinte. Eilig sagte sie: »Na gut, ich komme mit.«

San Huo verabredete mit ihr, wann sie sich treffen würden, dann ging er. Kaum war er fort, schleuderte Yingzhi die Karten von sich, einige fielen zu Boden. Während Shaoya sie ärgerlich aufhob, schimpfte er: »Ich singe, singe, singe, bis ich verrecke! So ein tolles Blatt, und alles umsonst.«

»Wenn du mich verfluchst, werde ich, wenn ich tot bin, ein Gespenst und zerfetze dir das Maul«, sagte Yingzhi.

Sie rannte ins Haus, um ein passendes Kleid zu suchen. Eine große Auswahl hatte sie nicht. Es reichte für die Schule, für die Bühne nicht. Sie fand nichts Passendes und marschierte in die Küche, um den Ärger an ihrer Mutter auszulassen. Selbst wenn es in der Familie an allen Ecken und Enden fehle, für die Tochter müsse ein anständiges Kleid angeschafft werden! Yingzhi war die einzige Tochter, man war daran gewöhnt, dass sie ihre Launen an der Mutter ausließ. Sie solle sich nicht so anstellen, erwiderte die Mutter. Yingzhis Kleider seien allesamt besser als ihre eigenen. Kein einziges Kleid habe sie, das etwas hermache, antwortete Yingzhi. Die Schwägerin hörte sie streiten, holte ein Kleid aus ihrer Jugendzeit hervor und überließ es Yingzhi. Ihr sei es zu eng geworden, Yingzhi könne es behalten. Das Kleid war mattrot, das Oberteil mit einem gelben Blütenmuster verziert. Es hatte einen spitzen Kragen, auf dem Rücken ließen sich zwei Bänder zu einer Schleife binden. Auch wenn es nicht mehr neu war, sah Yingzhi darin außerordentlich hübsch aus.

San Huos Augen leuchteten bei ihrem Anblick auf: »Gut, sehr gut. Du verstehst, wie man sich zurechtmacht, das ist sehr gut.«

Der Auftritt fand im Alter-Tempel-Dorf statt, das so hieß, weil es am Dorfende einen alten Tempel gab. Es lag etwa zwanzig Kilometer von Fenghuangyuan entfernt. Der Sohn des Dorfvorstehers feierte Hochzeit, er hatte die San-Huo-Band eigens mit einem Lastwagen abholen lassen. Unterwegs gab San Huo Yingzhi die Liste der Songs zu lesen und fragte sie, welche davon sie singen könne. So ziemlich alle, erklärte sie, nachdem sie die Liste überflogen hatte. Neben dem Schultor befand sich ein Kleiderladen, aus dessen Lautsprechern den ganzen Tag Schlager dröhnten, man konnte gar nicht anders, als sie auswendig mitzusingen. Sie solle sich ihre Lieblingslieder aussuchen, forderte San Huo sie auf. Also wählte sie »Herzregen«, »Mittmonats-Mond«, »Tausend Papierkraniche«, »Komm oft zurück und schau, wie es zu Hause steht« und schließlich noch »Neunundneunzig Rosen«*. Das müsse sie unbedingt singen, verlangte San Huo. Alle diese Lieder kannte sie in- und auswendig. Der Junge, der die Musikanlage bediente, hieß Wentang. »Lass es uns probieren, bevor es richtig losgeht, damit wir den Einsatz nicht vermasseln«, sagte er zu ihr.

Das Haus des Dorfvorstehers war ein zweistöckiger Ziegelbau, dessen Fassade zur Straße hin mit goldgelben Kacheln verkleidet war. Es bot einen noch prächtigeren Anblick als das Haus von San Huo und zog schon von weitem die Blicke auf sich. Der Vorsteher sei im Dorf ein Kaiser, deshalb müsse er die kaiserliche Farbe Gelb verwenden, sagte San Huo. Er war weit herumgekommen und wusste, wovon er sprach.

* Populäre Schlager aus den neunziger Jahren, zumeist taiwanesischer Herkunft.

Die Bühne für die Sänger wurde, ein wenig abseits der Haustür, unter dem Fenster des Ostflügels des Hauses vom Dorfvorsteher aufgeschlagen. Sie hatte die Größe eines Doppelbettes, war anderthalb Ellen* hoch und geeignet für Auf- und Abtritte. San Huo hatte sie persönlich entworfen. Ihr Unterbau bestand aus einem Gerüst aus verschraubten Holzlatten, auf die ein hölzerner Bühnenboden gelegt wurde. Insgesamt bestand die Bühne aus acht Elementen und ließ sich ohne Komplikationen auf- und abbauen. War sie errichtet, wurde sie mit einem Teppich aus rotem Acryl bedeckt. Er war schon ziemlich abgenutzt, irgendjemand hatte ihn wohl ausgesondert und San Huo überlassen. Zwei Lautsprecher standen vor der Bühne. Exakt in ihrer Mitte stand kerzengerade und würdevoll das Mikrofon, als wartete es auf den Bericht eines Leitungsfunktionärs. Der Aufbau war perfekt, alle Kabel waren angeschlossen, Musik erklang, und die Leute sammelten sich vor der Bühne.

All das versetzte Yingzhi in Erstaunen. Ihr Widerwille gegen San Huo begann zu schwinden. »Sieht gut aus, hätte ich nicht gedacht«, sagte sie zu ihm.

»Ich bin keiner, der leere Versprechungen macht«, antwortete er. »Im Umkreis von ein paar Hundert Kilometern gibt es keine bessere Band als meine. So und nicht anders muss man's machen. Wer uns bucht, verlangt, dass es was hermacht. Ich will hinterher hören, dass man bekommen hat, was man wollte. Dann ist man gut gelaunt und zufrieden. Warum sollte man uns sonst buchen?«

San Huo hat was auf dem Kasten, er weiß, wie man's anstellt, gestand sich Yingzhi ein.

* Ein auch in China zunehmend aus der Mode kommendes Längenmaß, das auf dem chinesischen Land aber noch verbreitet ist (Elle ≈ 37 cm).

Eine Hochzeit wurde gefeiert, Gäste kamen und gingen. Die San-Huo-Band war voll beschäftigt, ein Song folgte auf den anderen. Die Musik aus den Boxen war bis zum Anschlag aufgedreht und von einem Ende des Dorfes bis zum anderen zu hören, in der Nähe zerriss es einem fast das Trommelfell. Leute bestellten Lieder, andere überreichten Blumen, es war ein Riesenspaß. Obwohl sie zum ersten Mal eine Bühne betrat, hatte Yingzhi kein bisschen Lampenfieber, sie fühlte sich im Gegenteil angestachelt und voller Euphorie. Die Euphorie trieb sie zu Höchstleistungen. Sie hatte das Gefühl, noch nie so gut gesungen zu haben. Immer wenn sie ein Lied beendete, klatschten die Leute vor der Bühne begeistert Beifall. Der feierliche Brautempfang hatte noch nicht stattgefunden, die Gäste unterhielten sich, lachten. Wenn sie sich in Stimmung geredet hatten, bestellten sie wild durcheinander Lieder für andere, wobei sie den Namen der Person riefen, der das Lied gewidmet wurde, was jedes Mal ungeheures Gelächter hervorrief. Der Dorfvorsteher war überglücklich über diese Lachstürme. Noch vor der Endabrechnung drückte er jedem Mitglied der Band zehn Kuai in die Hand. Davon gehörten fünf Kuai ihm, das sei die Regel, sagte San Huo zu Yingzhi.

Der Sohn des Dorfvorstehers hatte einen Haufen Freunde. Einige von ihnen widmeten sich unaufhörlich gegenseitig Lieder. Endloses Geschrei, Gelächter, Geschimpfe und Geboxe, der Boden war mit Zigarettenkippen übersät, ein wildes Durcheinander. Während ein Song auf den anderen folgte, schoben sie einen Schlaks auf die Bühne, wobei sie schrien, er solle mit dem Mädel im geblümten Kleid im Duett singen. Der Schlaks wehrte sich mit Händen und Füßen, die Zuschauer unten sahen dem Spektakel lachend zu. Ein dunkelhäutiger Dickwanst sagte zu ihm: »Guiqing, wenn du singst, dann streichen wir dir alle Spielschulden von gestern Abend.« Und ein Glatzkopf fügte hinzu: »Ich bin dabei. Wenn du singst, pfeife ich auf das Geld, das du mir schuldest.«

Der Guiqing genannte Schlaks hörte auf, sich zu wehren: »Meint ihr das ernst?«

»Der Teufel soll mich holen, wenn ich mein Wort nicht halte«, sagte der Glatzkopf.

»Und ich bin ein Scheißkerl, wenn ich mein Wort nicht halte«, fügte der Dickwanst hinzu.

Lachend antwortete Guiqing: »Ob ihr nun Wort haltet oder nicht, den einen wird sowieso der Teufel holen, und der andere ist sowieso ein Scheißkerl.«

Auf und vor der Bühne schallendes Gelächter. Auch Yingzhi lachte, der lange Kerl machte auf sie einen schlagfertigen Eindruck. Einer, der nicht auf den Mund gefallen war.

Guiqing sprang mit einem Satz auf die Bühne, kratzte sich am Kopf und sagte: »Also, was'n für'n Lied? Hab keine Ahnung, ob ich irgendeins singen kann.«

Erneutes Gelächter vor der Bühne. »Sing ›Versteh mein Herz‹«, sagte der Glatzkopf. »Das hast du doch beim Kartenspielen gesungen.« Das Spektakel zog eine noch größere Schar von Leuten an. Selbst die Gäste, die sich im Haus befanden, kamen herbeigerannt. San Huo war überglücklich und flüsterte Yingzhi zu: »Yingzhi, jetzt kommt es auf dich an. Zeig beim Singen ordentlich Gefühl, das wirkt. Dann bestellen noch mehr Leute Lieder.«

Yingzhi begriff sofort, was San Huo meinte. Sie ging auf Guiqing zu, streckte den Arm aus, nahm ihn bei der Hand und führte ihn in die Mitte der Bühne. Dann hieß sie Wentang die Musik auflegen. Das Geschrei und Gelächter vor der Bühne verstärkte sich, sogar Pfiffe waren zu hören.

Yingzhi begann Guiqing gefühlvoll anzusingen, aber als der den Mund öffnete, entdeckte sie, dass er grauenvoll danebenlag und völlig unfähig war, die Melodie zu halten. Das Gelächter vor der Bühne wurde hysterisch, das Gepfeife immer schriller. Guiqing wurde nervös und verkrampfte sich, er verlor den Faden. Yingzhi flüsterte ihm zu: »Nicht nervös werden, sing mir einfach nach.« Sie half ihm, weiterzusingen. Während sie sang, sah sie ihm von Zeit zu Zeit hingebungsvoll in die Augen oder lehnte ihren Kopf an seine Schulter. Vor der Bühne lösten ihre schmachtenden Blicke jedes Mal Beifallsstürme aus. Zu flirten hatte Yingzhi gelernt, während sie in den Schulferien ihrer Mutter bei der Ernte geholfen hatte. Es fiel ihr nun leicht, auf der Bühne davon Gebrauch zu machen. Als der Song zu Ende war, wackelte sie aufreizend mit den Hüften und versetzte damit die Menge vor der Bühne in Hochstimmung. »Gib ihr ’nen Kuss!«, »Guiqing, lang mal richtig zu!«, ertönten von unten die Rufe in wildem Durcheinander.

San Huos Gesicht glühte vor Begeisterung, und ständig wiederholte er: »Weiß Gott, eine richtige kleine Hexe, diese Yingzhi.«

Immer mehr Leute bestellten Lieder. Die Musik dröhnte ohne Pause. Selbst als der Hochzeitswagen zum Empfang eintraf, achteten viele Leute nicht auf die Braut, sondern setzten ihre Bestellungen fort. Alle erklärten, die Hochzeit des Dorfvorstehersohns sei was Besonderes, ein richtiges Spektakel und eines Dorfvorstehers würdig. Dem Dorfvorsteher wurde von den Lobpreisungen geradezu schwindlig, bei der Abrechnung am Abend zahlte er San Huo achthundert Kuai. Und auch San Huo stieg die Sache zu Kopf. Ohne zu überlegen, drückte er Yingzhi einen Hundert-Yuan-Schein in die Hand. Zusammen mit achtundvierzig Kuai für die Liedbuchungen und den anteiligen fünf Kuai Trinkgeld des Dorfvorstehers hatte Yingzhi an diesem Tag einhundertdreiundfünfzig Kuai verdient. Sie war starr vor Überraschung. Noch nie in ihrem

Leben hatte sie so viel Geld erhalten, und noch weniger hatte sie sich vorstellen können, dass Geld so leicht zu verdienen war.

Sie begriff, dass sich ihr Leben von nun an ändern würde.

3. Kapitel

Yingzhi beschloss, in der Kreisstadt zwei besondere Kleider für ihre Auftritte zu kaufen. Im Fernsehen hatte sie gesehen, dass die Kleidung der weiblichen Gesangstars deren Reize sehr freizügig zur Geltung brachte. Daher entschied sie sich, ein schulterfreies Kleid zu kaufen. Und zusätzlich ein Kleid bestehend aus Rock und Top, das den Bauchnabel freiließ. Sie zählte darauf, dass sie in dieser Aufmachung noch mehr Beifall einheimsen würde. Als sie San Huo von ihrem Vorhaben erzählte, klatschte der in die Hände und sagte: »Gerade wollte ich mit dir darüber reden. Hier hast du noch fünfzig Kuai, kauf dir was, das ein bisschen durchsichtig ist, und für drunter einen dieser winzigen dreieckigen Slips. Die geblümten Unterhosen der Dorfmädel sind nichts mehr für dich. In der Stadt nennen sie das ›sexy‹, bei euch im Dorf ›anspitzen‹. Besorg auch Rouge fürs Gesicht und schmink dir die Lippen tiefrot, das macht die Leute an. Und wenn du singst, müssen die Leute Gänsehaut kriegen, dann hast du's geschafft. Hab mich nicht in dir getäuscht, Yingzhi. Was das Geldverdienen angeht, ist deine Zukunft gesichert.«

Überglücklich nahm Yingzhi die fünfzig Kuai. Als er ihr

das Geld reichte, sagte San Huo lachend: »Ich habe früher gar nicht gemerkt, dass du so ein Luder bist.«

Während Yingzhi mit dem Geld das Dorf verließ, dachte sie bei sich: Luder hin, Luder her, glaub nur nicht, dass du in diesem Leben bei mir landen kannst. Im Geschäft für Markenkleidung der Kreisstadt erhielt sie ohne Probleme alles, was sie sich gewünscht hatte. Sie feilschte mehr als zwei Stunden lang und war auf der ganzen Linie erfolgreich. Nicht einmal hundert Kuai musste sie für alles zusammen ausgeben. In ihrer Begeisterung kaufte sie vom übrig gebliebenen Geld noch zwei rosarote Büstenhalter mit goldbestickter Borte, die sie auf der Stelle anprobierte. Einen behielt sie gleich an. Hoch erhobenen Hauptes verließ sie den Laden. Noch nie in ihrem Leben hatte sie sich derart gut gefühlt.

In der Bank der Kreisstadt eröffnete sie ein Konto und zahlte hundert Kuai zu festgelegten Zinsen darauf ein. Von dem roten Sparbuch in ihrer Hand ging wie in Wellen eine Hitze aus, die ihr tiefstes Inneres erreichte. Sie wusste nicht, wohin damit, am Ende steckte sie es sich in den Ausschnitt. Der neu gekaufte Büstenhalter umspannte eng ihre Brüste, dort war das Sparbuch sicherer als in der Tasche. Nachdem sie so alles aufs beste arrangiert hatte, spazierte sie mit stolzgeschwellter Brust durch die Hauptstraße der Kreisstadt. Sie konnte das Feuer spüren, das in ihrem Ausschnitt loderte. Sie war die Einzige in der Familie, die ein Sparkonto auf der Bank besaß, und das nur wenige Tage, nachdem sie die Schule verlassen hatte. Und es hatte sie nicht die geringste Mühe gekostet. Was hat das alles zu bedeuten?, dachte sie. Es bedeutete, dass sie Talent hatte. Talent schenkt einem der Himmel, man kann es nicht erlernen. Dieser Gedanke erfüllte sie mit ungeheurem Stolz auf sich selbst. Sie hatte das Gefühl, dass alle Leute auf der Hauptstraße der Kreisstadt ihr bewundernde

Blicke zuwarfen. Daher streckte sie beim Gehen ihre Brust noch ein wenig mehr heraus.

Sie hatte vor, zum Mittagessen mit dem Bus nach Hause zurückzufahren. An der Busstation rief jemand ihren Namen. Als sie sich umwandte, sah sie Guiqing, den Schlaks, mit dem sie auf der Bühne im Alten-Tempel-Dorf gesungen hatte.

Guiqing schob ein nagelneues Fahrrad neben sich her. Der Ausdruck freudiger Überraschung auf seinem Gesicht bei ihrem Anblick erfüllte Yingzhi mit Stolz.

»Bist du zum Einkaufen in die Stadt gekommen?«, fragte Guiqing.

»Ja«, antwortete Yingzhi. »Hast du das Fahrrad gerade gekauft?«

»Na klar. Seit wir auf der Bühne gesungen haben, habe ich richtig Glück im Spiel. In den letzten Tagen habe ich dauernd gewonnen. Und dann, mit dem ganzen Geld in der Hand, habe ich mir vorgenommen, dich in Fenghuangyuan zu besuchen. Schließlich hat der Tag, als du mir geholfen hast, mein Blatt gewendet. Aber der Weg bis in dein Dorf ist zu weit, da hab ich gedacht, ein Fahrrad brauche ich früher oder später sowieso, am besten kaufe ich mir gleich eins von dem gewonnenen Geld.«

Yingzhi lachte: »Red keinen Scheiß. Das ist dir erst gerade eben eingefallen, als du mich gesehen hast.«

»Scheiß reden tun nur Scheißkerle. Ich sag die Wahrheit, ich wollte wirklich nach Fenghuangyuan fahren.«

Erneut musste Yingzhi lachen, ihr Giggeln klang hell und melodisch: »Na, dann bist du hundertprozentig ein Scheißkerl.«

Ihr Lachen ließ Guiqings Herz schneller schlagen, seine Ohren glühten. Er strich sich unwillkürlich über die Ohren, dann lachte auch er. »Hast du schon gegessen?«, fragte er.

»Nein. Willst du mich etwa einladen?«

»Wenn du mit mir essen gehst, machst du mich sehr glücklich.«

Zu Hause gibt es nichts zu tun. Warum soll ich nicht mit ihm essen gehen?, dachte Yingzhi. »In Ordnung, ich lass mich gern zum Essen einladen.«

»Prima. Dann mach ich das öfter.«

Neben der Busstation gab es ein kleines Restaurant mit dem Namen Zur guten Einkehr, und dort gingen sie hinein. Es waren kaum Gäste da, und in einer Ecke fand sich ein Tischchen mit zwei Stühlen. »Wie bestellt«, sagte Guiqing. »Als hätte es auf uns gewartet.«

»Bilde dir bloß nichts ein«, sagte Yingzhi.

Guiqing überließ ihr die Bestellung, sie solle sich keinen Zwang antun, sagte er. So großartig viel wird er beim Spielen nicht gewonnen haben, dachte sie und bestellte aufs Geratewohl zwei kleine Gerichte: eine Portion in Öl gebackenen Tofu und eine Portion geschnetzeltes und gebratenes Fleisch. Guiqing bemerkte es und lachte: »Das soll alles sein? Dann kannst du gleich daheim essen.« Er griff nach der Speisekarte, bestellte einen Teller scharf gesalzene Krabben und eine Portion in Soja geschmortes Wildkaninchen. Kaninchen sei eine Spezialität des Hauses, sagte er. Er hätte hier schon einmal mit Youjie gegessen. Youjie sei der Sohn des Dorfvorstehers, derjenige, der ein paar Tage zuvor geheiratet hatte.

Yingzhi hatte noch nie im Restaurant gegessen, sie kannte nur die Schulkantine, wo es Reis gab und dazu etwas Gemüse aus einem mitgebrachten Einmachglas. Auch nach ihrer Rückkehr ins Elternhaus hatte sie nie daran gedacht, wie es wäre, einmal auswärts zu essen. Und jetzt, gerade heute, erhielt sie Gelegenheit, sich in einem Restaurant den Bauch vollzuschlagen. Und tatsächlich schmeckte es tausendmal besser als zu Hause. Sie konzentrierte sich vollständig aufs Essen. Guiqing dagegen plapperte ohne Punkt und Komma.

Nach dem Ende der Schule sei er nach Hause zurückgekehrt. Er sei der einzige Junge in der Familie, außer ihm gebe es nur noch eine jüngere Schwester, die gerade die Obere Mittelschule besuche, wo sie auch wohne. Seine Leute gehörten zu denen im Dorf, denen es nicht schlecht ging, weil sein Vater was auf dem Kasten habe. Er hätte einen Obstgarten gepachtet, und so gehörten sie zu den Betuchteren im Dorf. Er selbst helfe manchmal anderen bei Renovierungen, meistens täte er gar nichts, er hätte keine Lust, sich abzurackern, höchstens ginge er zu Hause dem Vater zur Hand. Besonders die Birnen aus dem Obstgarten seien erstklassig, von außen sähen sie zwar nach nichts aus, aber ihr Fleisch sei supersüß. Jedes Jahr verdiene der Vater damit einen Haufen Geld. Davon rühre er aber keinen Fen an, alles Geld werde für seine Heirat gespart.

An dieser Stelle stockte Guiqing und musterte Yingzhi eindringlich. Yingzhi amüsierte sich innerlich. Glaubte er im Ernst, mit einem Mittagessen könne er sie rumkriegen, ihn zu heiraten? Sie kümmerte sich nicht um seine Blicke, sondern schaufelte sich Bissen für Bissen Kaninchenfleisch in den Mund und wiederholte dabei unaufhörlich: »Mann, schmeckt das gut, hätte nie gedacht, dass ein Kaninchen so gut schmeckt.« Bei sich dachte sie: Armes Kaninchen, du tust mir leid. Ich weiß ja nicht mal, ob du ein weißes oder ein schwarzes Kaninchen warst.

Nach dem Essen schlug Guiqing ihr vor, statt den Bus zu nehmen, könne sie einfach bei ihm auf dem Gepäckträger mitfahren, es seien ja nur ein paar Kilometer. Yingzhi überlegte nur kurz, das Angebot war verlockend. Auf diese Weise sparte sie ein paar Kuai für die Fahrkarte. Sie willigte ein und setzte sich hinten auf den Gepäckträger von Guiqings Fahrrad.

Herbst über dem offenen Land, die Szenerie war ohne Frage bezaubernd. Vom Fahrrad aus auf die Landschaft zu blicken, das war etwas ganz anderes als vom Busfenster aus. Gefiel es ihnen irgendwo besonders gut, konnten sie auf der Stelle anhalten und genießen. Und so brauchten sie, von Halt zu Halt, für die fünf, sechs Kilometer mehr als zwei Stunden und waren noch immer nicht am Ziel.

Kurz vor Fenghuangyuan ließ Yingzhi Guiqing von der Straße in einen Feldweg einbiegen. Das sei eine Abkürzung, erklärte sie. Aber sie hatte nicht damit gerechnet, dass zwei Tage zuvor ein heftiger Platzregen die Erde aufgeweicht hatte. Dann hatte die glühende Sonne den Lehm getrocknet, und die Pfützen und Rinnen waren zu steinharten Furchen geronnen. Sie wurden bedrohlich hin und her geschüttelt, Yingzhi wäre mehrfach beinahe vom Rad geschleudert worden. »Ich kann nicht mehr, das stehe ich nicht durch«, sagte Yingzhi.

Guiqing hielt sofort an. »Ich bin auch am Ende«, sagte er. »Und das Fahrrad macht es nicht mehr lange.« Sie mussten absteigen. »Ich wollte abkürzen. Und jetzt dauert es noch länger«, sagte Yingzhi.

»Dann gehen wir eben zu Fuß«, antwortete Guiqing. »Du hast es natürlich nicht gemerkt, aber ich war die ganze Zeit auf dem Fahrrad unruhig.«

»Weswegen denn?«

Guiqing sah sie mit verschmitzter Miene an, dann lachte er: »Willst du das das wirklich wissen?«

»Nun rede schon!«

»Ich hatte Angst, dass mein kleiner Bruder zwischen mir und dem Sattel eingezwängt und zu Brei zerquetscht wird.«

»Was für ein kleiner Bruder? Ich dachte, du hast nur eine kleine Schwester?«, fragte Yingzhi verständnislos.

Guiqing lachte schallend: »Kapierst du wirklich nicht, oder stellst du dich blöd?«

Noch immer begriff Yingzhi nicht, wovon er sprach. Als er ihre verwunderte Miene sah, steigerte sich sein Gelächter und wollte kein Ende nehmen. Schließlich sagte er: »Ich bin der ältere Bruder, und das da«, er deutete auf seinen Schritt, »ist mein kleiner Bruder.«

Yingzhi schoss das Blut ins Gesicht, sie wurde knallrot. »Mit so einem Ferkel wie dir will ich nichts zu tun haben!«, sagte sie und lief davon.

Guiqing rannte ihr, das Fahrrad schiebend, eilig hinterher. »Yingzhi, ich hab doch nur Spaß gemacht, was ist los mit dir?« Nach einer Weile hielt Yingzhi erschöpft an, sie war völlig außer Puste. Der Feldweg wand sich von hier bis zum Fluss, und auf der gegenüberliegenden Seite lag Fenghuangyuan. Ich bin gleich zu Hause, ich sage ihm, er soll umkehren, damit ist die Sache erledigt, dachte sie.

Guiqing kam mit dem Fahrrad nur mühsam voran. Als er bei ihr anlangte, keuchte er heftig, sein Brustkorb hob und senkte sich, sein schwerer und langer Atem wehte Yingzhi übers Gesicht. Ohne zu wissen, wieso und woher, erfasste sie das Gefühl, ihr ganzer Körper würde von brodelnder Hitze ergriffen. Als wäre sein Atem eine Flamme, die sie in Brand setzte. Plötzlich hatte sie es nicht mehr eilig, nach Hause zurückzukehren.

»Wirklich schön gelegen, euer Dorf«, sagte Guiqing, »aber unser Dorf liegt auch schön.«

»Was geht mich euer Dorf an! Mir genügt es, dass unser Dorf schön liegt.«

»Du würdest sicher gern zu uns kommen, wenn unser Dorf schön liegt.«

»Euer ganzes Dorf ist ein Nest von Halunken, den Teufel werd ich tun, dahin zu gehen.«

Guiqing lachte. »Und ich bin der Oberhalunke, oder?«

Auch Yingzhi musste nun lachen. »Was dagegen?«

Der schräge Blick, den sie Guiqing dabei zuwarf, verlieh ihr einen verführerischen, koketten Ausdruck. Guiqings Herz begann wie wild zu pochen, er warf das Fahrrad auf den Boden und sagte: »Gut, das nehme ich auf meine Kappe.« Er ging auf sie zu und umschlang sie. Sie wollte sich aus seiner Umarmung befreien, aber sie brachte keine Bewegung zustande, sie wollte ihn schlagen, aber ihr Arm fiel kraftlos herab, sie wollte ihn beschimpfen, aber ihr Geschrei verwandelte sich in das Summen einer Mücke, wenn es ihren Mund verließ. Guiqings Hand bahnte sich im Nu den Weg zu ihren Brüsten. Sie spürte, wie sich ein unendlich angenehmes Gefühl im ganzen Körper ausbreitete, und wusste, dass es von Guiqing ausging. Da gab sie jeden Widerstand auf. Sie wollte nur, dass dieses Wohlgefühl anhielt. Im gleichen Moment presste sich Guiqings Mund auf den ihren. Ihre Passivität verwandelte sich jetzt in Aktivität, die während ihres Widerstrebens geschwundene Kraft kehrte schlagartig in ihren Körper zurück. Sie drückte mit ihrer Zunge Guiqings Zunge in seinen Mund zurück, schob ihre Zunge hinterher und bewegte sie heftig darin herum. Guiqing ließ sich darauf ein und fuhr mit seiner Hand in tiefer gelegene Regionen, bis Yingzhi schließlich einen schrillen Schrei ausstieß. Guiqing legte sie ins Gras am Flussufer.

Die Sonne neigte sich dem Horizont zu. Der Herbst hatte bereits begonnen, aber es war noch nicht herbstlich. Das wuchernde Gras am Flussufer schimmerte im Sonnenlicht noch immer frisch und grün. Die von den Bergrücken her einfallenden Sonnenstrahlen wanderten über die Leiber Guiqings und Yingzhis und erloschen dann in den Wolken, das Zwielicht der Abenddämmerung wurde mit dem sich entfernenden Sonnenlicht immer tiefer. Als sich ihre Körper voneinander lösten, begann es bereits zu dunkeln, erschlafft lagen die beiden im sich ausbreitenden Abenddunst.

Nach einem langen Schweigen sagte Yingzhi: »So was nennt man eine Vergewaltigung, oder?«

»Du warst ja noch wilder als ich, gerade wollte ich sagen, dass du mich vergewaltigt hast.«

Bei der Erinnerung an das gerade Erlebte musste Yingzhi unwillkürlich lachen. Von den heimlichen Freuden zwischen Männern und Frauen hatte sie schon das eine oder andere gehört. Aber dass es so aufregend sein würde, hatte sie sich nie vorgestellt. »Jedenfalls hast du mich verführt«, sagte sie.

Guiqing sah sie lachen und musste selbst lachen: »Da ist was dran. Ich kann dich gut leiden. Als wir zusammen gesungen haben, hab ich gedacht, wie toll wäre es, dich zur Frau zu haben.«

»Bilde dir nur nichts ein. Wer mich heiraten will, muss mir was bieten. Haus, Fernseher, Kühlschrank und, äh, auch eine Waschmaschine, und ja, auch eine Karaoke-Anlage. Ich bin wild aufs Singen. Na, wie ist es, kannst du damit dienen?«

»Nur wenn ich mich auf dem Markt in der Kreisstadt selbst verkaufe und mir das Fleisch pfundweise von den Rippen schneide.«

Yingzhi prustete los: »Dabei schaut wahrscheinlich noch weniger heraus als beim Verkauf vom Schwein in unserem Hof.« Ihre Schultern wurden von Lachen geschüttelt, und ihre Brust wogte auf und ab.

Auch Guiqing musste laut lachen. Sie ist wirklich ein Superweib, so eine zur Frau zu kriegen, dafür würde ich mich ersäufen oder in Öl braten lassen, ging es ihm durch den Kopf.

Ihr Lachen wurde vom Abendwind über den Fluss getragen. Dort auf der anderen Seite hatte sich der Rauch aus den Schornsteinen bereits in der Atmosphäre verteilt, und aus den Fenstern der Häuser strahlten bereits die Lichter. Yingzhi war bester Stimmung. Mann, dachte sie, das macht Laune, das ist es, was man die schöne Jugendzeit nennt.

4. Kapitel

Yingzhi hatte nie vorgehabt, Guiqing zu heiraten, sie wollte überhaupt noch nicht heiraten. Sie genoss das Singen in der San-Huo-Band als ein Vergnügen, mit dem sie außerdem noch Geld verdiente. Die San-Huo-Band wurde zwar nicht täglich engagiert, aber bei jedem Auftritt verdiente sie. Sie berechnete ihr Einkommen sorgfältig, schon bei vier Auftritten im Monat würde sie, wenn sie den ersten als Maßstab nahm, sechshundert Kuai verdienen. Monatlich lieferte sie der Familie fünfzig Kuai ab, das Übrige legte sie auf die hohe Kante. Pro Jahr würde das mehrere Tausend Kuai ergeben. Für Yingzhi war das eine astronomische Summe. Wenn sie daran dachte, dass sie im nächsten Jahr um die gleiche Zeit Herrin über mehrere Tausend Kuai sein würde, war sie von Freude überwältigt und vergaß allen Verdruss. Selbst mitten in der Nacht konnte ihr eigenes Kichern sie aus dem Schlaf wecken.

In diese freudige Stimmung hinein kam der Winter. Obwohl die Tage, an denen sie mit San Huo zu Auftritten fuhr und sie während der Fahrt, dem Bühnenaufbau und insbesondere beim Singen auf der Bühne dem eisigen Wind ausgesetzt war, keine leichte Angelegenheit waren, genoss Yingzhi das Leben. Auch ihre Stellung in der Familie verbesserte sich aufgrund der monatlichen Zahlungen merklich. Mit breitem Lächeln im Gesicht verkündete ihre Mutter häufig: »Unsere Yingzhi ist eine Gescheite, zum Glück ist sie nicht auf die Universität gegangen, sie ist kein Zuschussgeschäft wie Chunhui vom Dorfeingang.« Immer wenn sie ihre Mutter etwas Derartiges sagen hörte, stieß Yingzhi ein fröhliches Lachen hervor. Stimmt doch, oder?, dachte sie bei sich.

Es war ein Tag mit eisigem Wintersturm. Yingzhi ging auf den Abort. Der Abort bestand aus einem Bretterverschlag neben dem Schweinepferch und war oben offen. Der Wind pfiff durch die Ritzen, und die Kälte stach, sodass die Haut am Hintern schmerzte. Wenn sie an solchen Tagen menstruierte, waren ihre Finger so starr, dass sie kaum in der Lage war, die Einlage zu wechseln. Während sie über dem Loch zwischen den Holzbalken hockte, fiel ihr plötzlich auf, dass ihre Periode diesen Monat nicht gekommen war. In ihr krampfte sich alles zusammen. Im vergangenen Jahr hatte sie die zweite Schwägerin, als die schwanger wurde, gefragt, woher sie denn gewusst habe, dass sie schwanger sei. Wenn die Tage ausblieben, sei man schwanger, hatte die Schwägerin geantwortet. Während Yingzhi im eisigen Wind hockte, kamen ihr unwillkürlich die Worte der Schwägerin in den Sinn. Bei diesem Gedanken überfiel sie am ganzen Körper eine Gänsehaut.

Yingzhi wagte nicht, in die Sanitätsstation des Dorfes zu gehen, sie lief extra ins Kreiskrankenhaus. Das Ergebnis stürzte sie in Verzweiflung. Sie war tatsächlich schwanger. Sie war wie vor den Kopf geschlagen. Nur wenige Male hatte sie sich mit Guiqing vergnügt. Er hatte sie zwar oft aufgesucht, aber gewöhnlich waren sie von Leuten umgeben, an ein ungestörtes Beisammensein war nicht zu denken. Nur einmal, bei einem Bühnenauftritt, war Guiqing mitgekommen und war ihr, als sie aufs Klo gegangen war, gefolgt. Er hatte gefleht und gebettelt und sie schließlich scham- und rücksichtslos in ein Wäldchen hinter einem der Häuser gezerrt. Dort hatten sie hastigen Geschlechtsverkehr gehabt. Das Ganze hatte nur wenige Minuten gedauert. Yingzhi war äußerst missvergnügt gewesen und hatte Guiqing wutentbrannt angeschrien: »Wieso benimmst du dich wie ein Dreckskerl?«

Bestimmt war das Missgeschick damals passiert. Die Vorstellung versetzte sie derart in Wut, dass sie Guiqing am liebsten erdolcht hätte. Sie begab sich aus der Kreisstadt schnurstracks zu ihm ins Alter-Tempel-Dorf. Guiqing saß mit seinen Kumpels am Mahjong-Tisch. Als er Yingzhi erblickte, warf er freudig überrascht die Mahjong-Steine hin und lief zu ihr hinaus. Yingzhi marschierte stumm voraus, Guiqing trottete hinter ihr her, bis sie im Wäldchen am Dorfausgang angelangt waren. Hier blieb Yingzhi stehen.

»Ich dachte, du willst nichts mehr von mir wissen«, sagte Guiqing.

»Glaubst du, ich will was von dir?«, antwortete sie mürrisch.

Guiqing kicherte: »Warum kommst du in unser Dorf, wenn du nichts von mir willst? Du hattest bestimmt Sehnsucht nach mir und traust dich nicht, es zu sagen. Hier im Gehölz können wir gut unser Ding machen.«

»Arschloch!«, sagte Yingzhi.

Guiqing zuckte zusammen. »Was soll das? Bist du hergekommen, um mich zu beschimpfen?«

»Mit Beschimpfen allein ist es nicht getan.«

»Hat deine Mutter erfahren, dass ich dich gefickt habe?«

Yingzhi wollte mit Beschimpfungen fortfahren, aber sie änderte ihre Meinung. Weitere Beschimpfung würde nichts bringen. Daher milderte sie ihren Tonfall und sagte: »Schlimmer als das.«

»Hast du einen neuen Freund, und der hat's rausgekriegt?«

»Ich sag dir, wie es ist: Mir ist diesen Monat nichts Rotes gekommen.«

»Was gehen mich die schmutzigen Angelegenheiten von euch Weibern an?«

»Dass es wegen deinem Bankert weggeblieben ist, das geht dich nichts an?«, schrie ihm Yingzhi zornig ins Gesicht.

Guiqing erschrak: »Was? Du bist schwanger? Von mir?«

»Du schämst dich wohl gar nicht? Von wem denn sonst?«

Guiqing sprang auf, klatschte in die Hände und lachte laut: »Super! Großartig! Toll! Hätt ich nicht gedacht. Mit einem Schuss ins Schwarze getroffen.«

»Du hattest deinen Spaß, aber was ist mit mir? Wenn die anderen davon erfahren, kann ich mich nirgends mehr sehen lassen!«

»Beruhige dich, du bist die Mutter von meinem Sohn, ich lasse doch nicht zu, dass du vor allen Leuten das Gesicht verlierst. Du heiratest mich, und die Sache ist geritzt.«

Yingzhi gab ein kaltes Lachen von sich: »Was kannst du mir denn bieten, damit ich dich heirate?«

Yingzhis Reaktion dämpfte seine Begeisterung, ihm fiel ein, was Yingzhi damals zu ihm gesagt hatte. Aber er erholte sich rasch. Ihm kam ein Gedanke, und seine Miene hellte sich auf: »Ich biete dir meinen Sohn. Der wiegt doch Fernseher, Waschmaschine und all das Zeug auf?«

Als Yingzhi, die überlegte, welche zusätzlichen Forderungen sie stellen sollte, die Worte »mein Sohn« hörte, stieg in ihr ein eigenartiges Gefühl auf. War es Hass oder Zuneigung? Kalt sagte sie: »Na, das hast du dir ja fein ausgedacht.«

Die Hilflosigkeit dieser Antwort brachte ihn zum Lachen. Ein breites Grinsen verlieh seinem Gesicht einen durchtriebenen Ausdruck: »Tja, es lässt sich nicht ändern. Am besten heiratest du mich möglichst schnell.«

»Das kannst du dir abschminken«, antwortete sie zornig.

Guiqing grinste weiter über das ganze Gesicht: »Na, dann bin ich mal gespannt, was du anstellen willst. Ich hab's nicht eilig, du bist eine Frau, bei Frauen ist das anders als bei Männern. Du weißt genau, dass Frauen, die unverheiratet mit einem dicken Bauch rumlaufen, ihr Gesicht im Hosenschlitz verstecken müssen.«

Yingzhi kochte vor Wut und biss die Zähne zusammen, bis sie knirschten, wüste Beschimpfungen lagen ihr auf der Zunge, aber Guiqings Worte klangen in ihr nach. Ja, sie war eine Frau, dachte sie mit Bitterkeit, nur eine Frau. All die üblen Folgen solcher Liebeleien gingen von den Männern aus, aber die Frauen mussten sie ausbaden. Das schien seit jeher eine Regel zu sein. Was sollte sie tun, wenn sich Guiqing drückte und sie im Stich ließ? Beim Gedanken, dass sich die Nachricht von ihrem dicken Bauch im Dorf, sogar im Kreis verbreitete, dass, wohin auch immer sie kam, die Leute mit dem Finger auf sie zeigten, erfasste sie Panik. Beim Anblick des triumphierenden Gesichtsausdrucks von Guiqing unterdrückte sie ihre Wut. Stattdessen fühlte sie leise Trauer darüber, dass sie nur eine Frau war.

Während sie in schmerzlichen Empfindungen versank, nutzte Guiqing die Gelegenheit, sie mit einem Ruck an sich zu ziehen und einen ungewohnt zärtlichen und liebevollen Ton anzuschlagen: »Ich bin bereit, dir aus der Patsche zu helfen. Komm, wir heiraten.« Anschließend begann er an ihr herumzufummeln. Sie war von seiner Zärtlichkeit gerührt. Ich gehöre ihm ja schon, was spielt es noch für ein Rolle, ob ich ihm seinen Wunsch lasse?, dachte sie.

5. Kapitel

Der Achtundzwanzigste des Monats vor dem Neujahrsfest* war trübe und finster, es sah nach Neuschnee aus. Sobald man die Haustür aufmachte, schlug einem die eisige Luft entgegen. Dazu wehte ein stürmischer Wind. Bei jedem Windstoß ein Geheul, als zöge ein Rudel Wölfe vorbei, das Geräusch jagte einem unwillkürlich Schauer über den Rücken. Und eben an diesem Tag heiratete Yingzhi im Alter-Tempel-Dorf. Das Kind in ihrem Bauch war schon drei Monate unterwegs, die Heirat war unausweichlich. Bedrückt von tiefen Ohnmachtsgefühlen war es ihr unmöglich gewesen, weiter um ihre Aussteuer zu feilschen.

Auch Guiqings Familie hatte die gesamte Mannschaft der San-Huo-Band engagiert. Nachdem San Huo geseufzt und beklagt hatte, Yingzhi sei dabei, ihre Zukunft zu ruinieren, reduzierte er den Preis um nahezu die Hälfte des Üblichen. Die San-Huo-Band sang den ganzen Tag. Gegen Abend fuhr Yingzhi auf einem von Guiqing geliehenen Traktor unter dem

* Wichtigstes chinesisches Fest im chinesischen Jahreszyklus, findet jährlich nach dem Mondkalender zwischen 21. Januar und 21. Februar statt.

Trommeln und Pfeifen der Hochzeitskapelle im Alter-Tempel-Dorf ein. Schon am Dorfeingang hörte sie die ihr vertrauten Klänge, und sofort schossen ihr die Tränen in die Augen.

Guiqing betrank sich in dieser Nacht. Sturzbetrunken betrat er das Brautgemach, er wusste kaum, wo er sich befand, und war natürlich außerstande, ihr irgendwelche Zärtlichkeit zu bezeugen. Sie lag in dem nach Alkohol stinkenden Brautbett lange wach, und während sie rekapitulierte, wie ihr Weg bis hierher gewesen war, durchnässten ihre Tränen das Kopfkissen.

Guiqings Eltern waren über diese Schwiegertochter, die sie sich ohne großen finanziellen Aufwand ins Haus geholt hatten, keineswegs begeistert und begegneten ihr entsprechend kühl. Als Yingzhi das bemerkte, war sie ebenso erstaunt wie verärgert. »Ich habe deiner Familie doch einen Haufen Unkosten erspart, warum sehen sie mich so schief an?«, fragte sie Guiqing. »Papa sagt, eine Frau, die sich so billig hergibt, ist vermutlich minderwertige Ware«, antwortete er. »Und Mama sagt, du hast womöglich eine Krankheit, wenn du dich so billig wegschmeißt. Ich hab es ihnen wieder und wieder erklärt, aber sie glauben mir nicht.«

Seine Erklärung versetzte Yingzhi derart in Wut, dass sie fast Blut gespuckt und am liebsten Gift geschluckt hätte. Sie schlug gegen den Bettrand und begann sich mit Guiqing zu streiten. »Ich bin also minderwertige Ware? So viel Geld, wie ich verdient habe, haben deine Eltern in ihrem ganzen Leben nicht gesehen. Dass ich in deine Familie geheiratet habe, verpfuscht mein ganzes Leben. Mein Pech, dass ich dich getroffen habe und mich so billig wegschmeißen muss. Sind deine Eltern zu blöd, das zu kapieren? Wer so redet, hat keinen Anstand und kein Gefühl.«

»Was streitest du dich mit mir? Ich hab mich doch für dich ins Zeug gelegt. Es sind eben alte Leute. Wenn sie sehen, dass die eigene Schwiegertochter anders ist als die anderer Leute, gibt es immer ein bisschen Gerede. Der Familie von meinem Onkel geht es sogar besser als uns, aber als mein zweiter Cousin geheiratet hat, haben die Leute seiner Frau unbedingt verlangt, dass meine Cousine im Gegenzug in ihre Familie heiratet. Meine Eltern haben sich wegen meiner Heirat riesige Sorgen gemacht, sie haben nur zwei Mahlzeiten am Tag gegessen, um Geld für mich zurückzulegen. Wenn es nicht anders geht, haben sie gesagt, müssen sie meine Schwester im Tausch hergeben. Ist noch mal gut gegangen, ich bin dir begegnet, und du warst einverstanden, mich zu nehmen, ohne viel dafür zu verlangen. Ist alles ein bisschen plötzlich gekommen, meine Eltern haben die Kurve noch nicht gekriegt. Sie kapieren nicht, warum du mich genommen hast, ohne einen Haufen Geld zu verlangen. So einfach ist das, was ist daran schwer zu verstehen?«

Yingzhis Wut steigerte sich bis zur Weißglut, aber sie konnte sich nicht verständlich machen, stattdessen zeterte und schimpfte sie ohne Ende. Guiqing verlor die Lust zu weiteren Erklärungen, versuchte auch nicht mehr, sie zu besänftigen, gab nur hier und da träge Antworten und zeigte deutlich, wie angeödet er war. Yingzhi schrie und schimpfte, bis sie heiser und erschöpft war. Sie spürte ein leichtes Ziehen im Bauch, und aus Angst, dem Kind zu schaden, wagte sie nicht, weiterzustreiten. Als sie ihren Mund schloss und keinen Laut mehr von sich gab, überkam sie plötzlich das Gefühl, dass Heiraten eine schrecklich trostlose Angelegenheit war. Dass Guiqing noch tausendfach öder war, als sie es sich je vorgestellt hatte, und die Schwiegereltern sich auf einen Schlag in Todfeinde verwandelt hatten.

Auf der Bühne konnte Yingzhi schauspielern, im Alltag gelang ihr das nicht. Ihr Widerwille gegen die Schwiegereltern spiegelte sich überdeutlich auf ihrem Gesicht, wann immer sie aufeinandertrafen. Ihre Gespräche verliefen meistens einsilbig und unfreundlich. Jedes Hühnergackern und Hundegekläff im Dorf war für sie ein Anlass, vor die Tür zu rennen, um nachzusehen, was los war. Kam sie ins Haus zurück, trällerte sie einen ihrer »Ich liebe dich, du liebst mich«-Schlager vor sich hin, begleitet von einer Haltung, die deutlich zu verstehen gab, wie wenig ihr die Schwiegereltern bedeuteten.

Die merkten das natürlich. Sie waren schließlich die Altvorderen und erwarteten von einer neu ins Haus gekommenen Schwiegertochter, dass sie ihnen mit scheu gesenktem Blick zu Diensten war. Eine rechte Schwiegertochter hatte den Herd zu heizen, Essen zu kochen, Wasser zu schöpfen, Holz zu hacken, die Schweine und Hühner zu füttern. Sie hatte im Haus und im Hof herumzuwirbeln und ihnen zu jeder Zeit ihren Respekt zu erweisen, Tee zu servieren, ihnen die Schüssel für das Waschen von Händen und Füßen zuzubereiten. Wozu holte man sich schließlich eine Schwiegertochter ins Haus? Nur damit sie Junge warf? Das konnte ein Sohn, der was taugte, mit jeder beliebigen Frau hinkriegen. Sie waren schließlich eine Familie, und die bestand aus Schwiegervater, Schwiegermutter, einem Sohn und einem Mädel. Was erlaubte sich diese frischgebackene Ehefrau, sich derart hochnäsig und unverschämt aufzuführen? Erfüllt von diesen Gedanken zogen die Schwiegereltern verdrießliche Gesichter und ließen Yingzhi ihren Unwillen spüren. Sie mochten gerade noch mit ihrer Tochter vergnügt gequatscht und herumgealbert haben, sobald die Schwiegertochter auf der Bildfläche erschien, zogen sie lange Gesichter. Eines Nachts bemerkte Yingzhi zu Guiqing: »Jedes Mal, wenn ich aus der Tür gehe, muss ich an diesen zwei Pferden vorbei.«

»Seit wann gibt es denn Pferde bei uns?«, fragte Guiqing.

»Siehst du nicht, dass die Gesichter deiner Eltern noch länger sind als Pferdemäuler?«

Mehr als »Scheißdreck!« fiel Guiqing dazu nicht ein. Es

war unklar, ob sich das auf Yingzhis Sarkasmus oder auf die Pferdegesichter seiner Eltern bezog.

Der Sommer war gerade vorüber, als Yingzhis Kind zur Welt kam. Ein Sohn. Mit riesigen Augen und durchdringendem Gebrüll. Vor Begeisterung über den hinzugekommenen Enkel überschlugen sich die Schwiegereltern in blinder Geschäftigkeit. Als sie jedoch in die Klinik kamen, um den Enkel zu besichtigen, ließ ihn Yingzhi nicht aus den Armen, und ihre Pferdegesichter schrumpften zusammen. Ihre grau gesprenkelten Häupter beugten sich mit freudig aufgerissenen Mündern über den Winzling, ihre groben Hände fuhren über sein Gesichtchen. Nach wie vor beachtete Yingzhi sie demonstrativ nicht. Wollen doch mal sehen, ob ihr euch noch immer traut, mich schief anzuschauen, jetzt, wo ich euch einen Enkel geboren habe, dachte sie bei sich.

Am dreißigsten Tag nach der Geburt veranstaltete Guiqing ein Gelage. Nun, da er einen Sohn hatte, konnte er sich im Dorf mit einigem Stolz präsentieren. Diesen Stolz äußerte er Yingzhi gegenüber auf besondere Weise. Als er sich abends vollgefressen und betrunken halb aufgerichtet auf der Bettdecke lümmelte, sagte er mit seinem durchtriebenen Grinsen im Gesicht, während er sich die Essensreste aus den Zähnen pulte: »So einen tollen Sohn hättest du nie zustande gebracht, wenn ich's nicht draufgehabt und mit einem Schuss voll ins Schwarze getroffen hätte, oder etwa nicht?« Yingzhi antwortete kurz angebunden: »Du Schwein.«

Guiqing sagte nichts. Bei sich dachte er: Schwein oder nicht, zu so was gehören immer zwei. Zum Glück bin ich so ein Saukerl und hab es geschafft, dich in die Finger zu kriegen und dir den Sohn in den Bauch zu stopfen. Als anständiger Kerl hätte ich womöglich bis heute noch keine Frau an Land gezogen. Dieser Gedanke erfüllte ihn mit wachsendem Stolz, er kam sich einigermaßen großartig vor.

Die Zeit der obligatorischen Rückkehr Yingzhis ins Elternhaus rückte heran*. Es war ihre erste Heimkehr nach der Geburt des Kindes. Yingzhi wollte keinen allzu frustrierten Eindruck machen, daher puderte und schminkte sie sich mit Sorgfalt und machte sich ordentlich zurecht. Obwohl inzwischen Mutter, war sie noch keine zwanzig Jahre alt. Ihr Gesicht war frisch und rotwangig, und abgesehen von ihrem wegen des Stillens prallen Busen sah sie noch immer aus wie ein junges Mädchen. Sie betrachtete sich wohlgefällig im Spiegel, konnte aber bei längerem Betrachten einen Seufzer nicht unterdrücken. Sie hatte sich eine lange und fröhliche Jugendzeit ausgemalt, während der sie mit der San-Huo-Band durch die Dörfer gezogen wäre und überall gesungen hätte, vielleicht wäre sie ein populärer Schlagerstar geworden. Aber selbst wenn daraus nichts geworden wäre, hätte sie noch mehr Gelegenheiten gehabt, sich zu verlieben, es waren schließlich nicht wenige Männer hinter ihr her gewesen. Es hätte sicher einen Riesenspaß gemacht, durch die Straßen der Stadt zu bummeln und zu flirten ... Aber nun ... aber nun war es so weit gekommen, dass sie sich hirnlos von Guiqing hatte schwängern lassen. Aus purer Gedankenlosigkeit hatte sie ihre Jugend weggeworfen. Sie fuhr sich übers Gesicht, in ihr kämpften die widersprüchlichsten Gefühle.

Während ihr diese Gedanken durch den Kopf schwirrten, begann ihr Sohn zu weinen. Das Kind hieß Qianhuo, Ramschware, den Namen hatte ihm der Schwiegervater gegeben. Zu Beginn hatte sich Yingzhi dagegen gewehrt, sie hätten kein Recht, das Kind so zu nennen, doch der Großvater hatte geringschätzig geantwortet: »Ob du es kapierst oder nicht, bei uns ist es seit jeher üblich, dass ein Kind einen minderwer-

* Zu je nach Region unterschiedlich festgelegten Tagen kehrt die Frau nach der Hochzeit für kurze Zeit in ihr Elternhaus zurück.

tigen Namen trägt, solange es klein ist. Wenn du ihm einen wohlklingenden Namen gibst, wird es zu Schaden kommen.« Die Schwiegermutter pflichtete ihm bei: »Unser Guiqing hieß als Kind Kartoffelkopf, erst als er achtzehn wurde, haben wir ihn in Guiqing* umgetauft, und schau nur, was für ein stattlicher Bursche aus ihm geworden ist.« Yingzhi biss vor Zorn die Zähne zusammen und wollte sich mit ihnen anlegen. Aber die Angst, ein wohlklingender Name könnte dem Kind tatsächlich schaden, war starker. Daher nahm sie ihn hin. Doch blieb die Empfindung, in zu enge Schuhe gezwängt zu sein, in die man zusätzlich grobe Sandkörner gestreut hatte, die sie beim Gehen entsetzlich quälten.

Qianhuo plärrte ununterbrochen, Yingzhi wusste, dass er die Windeln vollgepinkelt hatte. Der Junge pinkelte enorm viel, im ganzen Raum hing der Gestank seines Urins. Als Yingzhi zu ihm ging, um die Windeln zu wechseln, schimpfte sie vor sich hin: »Kack, kack, kack, kackst dich noch zu Tode, so ein Haufen Windeln! Wirklich echte Ramschware.« Beim Windelwechseln überkam sie heftiger Überdruss, sie war drauf und dran, den kleinen Hinterbacken ein paar Klapse zu verpassen, sie hob die Arme, doch als sie niedersanken, wurde ein Streicheln daraus. Sein Fleisch fühlte sich weich an wie ein Schwamm, es zu berühren, war überaus angenehm, sie fuhr zweimal darüber, und die Lust zu schlagen war ihr vergangen.

Guiqing kam ins Zimmer. »Hier stinkt's«, sagte er. »Yingzhi, ich muss was mit dir bereden.«

»Wird nichts Gutes sein, schieß los!«, antwortete sie missgelaunt.

»Ich glaube, eher doch. Also, meine Eltern haben lange auf einen Enkel gewartet, und sie freuen sich wie verrückt darüber,

* *gui* (贵) = kostbar, wertvoll, teuer; *qing* (清) = klar, hell, frisch, rein.

dass du einen in die Welt gesetzt hast. Sie wollen sich gemeinsam mit uns um Qianhuo kümmern. Was hältst du davon?«

Bisher seid ihr immer gegen mich gewesen, dachte Yingzhi, und jetzt kommt ihr an und bettelt. Euch einen Gefallen tun? Den Teufel werd ich!

Nach kurzer Überlegung sagte sie: »Kommt nicht infrage, das Kind habe ich auf die Welt gebracht, warum soll ich es ihnen überlassen? Wenn sie sich um Kinder kümmern wollen, sollen sie selber welche in die Welt setzen.«

Guiqing lachte: »Meine Mutter wollte einen Sohn, und den hat sie bekommen. Sie kann doch nicht noch einen Enkel in die Welt setzen. Das kannst nur du hinkriegen.«

Yingzhi lachte nicht, sie war nur darauf aus, ihren Schwiegereltern keinen Gefallen zu erweisen. »Was gehen mich eure Söhne und Enkel an, um mein Kind kümmere ich mich selbst. Sie sollen ihre Finger von ihm lassen.«

»Sei doch nicht so stur! Spart uns doch nur Scherereien, wenn sich meine Eltern um den Jungen kümmern. Wenigstens stinkt es hier dann weniger. Dieser kleine Köter pisst ohne Ende.«

»Er ist mein Kind, egal, wie viel er pisst. Mir gefällt's, hast du was dagegen?«

Dass Yingzhi ihn derart abblitzen ließ, machte Guiqing sauer: »Schon gut, schon gut, wie du willst. Aber eins sag ich dir, wenn du dich mit dem Gör übernimmst, schrei bloß nicht nach mir. Ich geh abends Karten spielen. Wir meinen's nur gut mit dir. Deine Sache, wenn du dich dagegen sperrst. Mutter von einem Stück Ramsch, genau das bist du, verdammte Scheiße!«

Yingzhi bereitete sich auf die Heimfahrt vor, daher hütete sie sich, mit Guiqing Streit anzufangen. Als zerstrittenes Paar ins Elternhaus heimzukehren, machte einen schlechten Eindruck. Daher schwieg sie, gab nur ein Schnauben von sich, packte das Kind und verließ das Haus. Beim Hinausgehen wandte sie sich um, um zu sehen, ob Guiqing ihr nachkam, dabei sah sie ihre Schwiegereltern im Eingang stehen und ihr mit starren Blicken nachschauen. Die Enttäuschung war ihren Gesichtern deutlich anzusehen. Yingzhi verstand, dass sie dem Kind nachtrauerten, und Stolz stieg in ihr auf. Sie umschlang das auf ihrem Arm sitzende Kind und drückte auf sein kleines Gesicht zwei weithin schallende Küsse, dann richtete sie sich auf, reckte die Brust heraus und ging, ohne sich weiter um die Schwiegereltern zu kümmern, aus dem Dorf.

Als sie und Guiqing in ihrem Elternhaus ankamen, war es bereits Mittag. Ihre Eltern und die Schwägerinnen kamen ihnen entgegen, um das Kind zu begutachten, und waren sich einig, dass der Name des Kleinen zwar minderwertig klang, dass aber seine Nase und Augen Glück verhießen. Guiqing und Yingzhi strahlten übers ganze Gesicht. Auch San Huo kam herbei und überreichte hundert Kuai, das sei für Qianhuo, ein Geschenk anlässlich der ersten Begegnung. Als Yingzhis Eltern das sahen, luden sie ihn eilig ein, mit ihnen gemeinsam zu essen.

Eine große Familie hat viele hungrige Mäuler, daher fand die Mahlzeit in der guten Stube statt, wo man zwei Tische aufgestellt hatte. Guiqing begann sofort, mit Yingzhis Brüdern anzustoßen, herumzukrakeelen und die Stimmung anzuheizen. Er gehörte zu denjenigen, die jede Art von Alkohol von weitem riechen, keinem Glas widerstehen und nicht aufhören können, bevor sie nicht restlos betrunken sind. Mit zunehmender Trunkenheit verwirrte sich sein Hirn, und er gab unzusammenhängendes und sinnloses Zeug von sich, was bei den Anwesenden nicht endendes Gelächter hervorrief. Yingzhi, die am anderen Tisch saß und zuhören musste, wie Guiqing drauflosbrabbelte, war angewidert, konnte ihn aber nicht bremsen.

San Huo gehörte zu den Älteren und trank zudem keinen Alkohol, daher saß er mit Yingzhi und ihren Eltern an einem Tisch, wo sie sich beim Essen angeregt unterhielten. Yingzhi erkundigte sich unaufhörlich nach der San-Huo-Band, wann, wie oft und wo sie aufgetreten waren, wie viel Geld sie eingenommen hatten und dergleichen. Dabei stieß sie von Zeit zu Zeit kleine Seufzer aus. San Huo gab mächtig an, aber nachdem er kräftig auf den Putz gehauen hatte, seufzte auch er über Yingzhis vorzeitigen Abgang. Yingzhis Eltern allerdings waren am Repertoire der San-Huo-Band völlig uninteressiert, sie wollten stattdessen alles über die neu hinzugekommene Verwandtschaft wissen. Yingzhi beklagte sich über die Schwiegereltern und fand kein Ende. Nachdem sie ihrer Erbitterung Luft gemacht hatte, vergaß sie natürlich nicht, zu erwähnen, dass die Schwiegereltern die Pflege des Kindes übernehmen wollten. »Aber ich lasse nicht zu, dass sie das Kind anrühren. Sollen sie doch vor Wut verrecken!«

»Jetzt hör mir mal zu, Yingzhi«, sagte San Huo. »Dauernd machst du so blöde Geschichten. Schon deine überstürzte Heirat und die Geburt des Jungen war eine Riesendummheit. Und dass du jetzt auf Teufel komm raus deine Schwiegereltern daran hindern willst, sich um das Kind zu kümmern, ist die nächste.«

»Was ist daran dumm? Auf keinen Fall gönne ich ihnen diese Freude.«

»Willensstärke ist eine gute Sache, aber man sollte nicht vergessen, ob sie einem nützt. In dieser Sache bringt dir deine Sturheit nichts. Wenn du nicht willst, dass sich deine Schwiegereltern um Qianhuo kümmern, musst du es selbst tun. Du rackerst dich ab und bist außerdem ans Haus gefesselt, wie ein angeleintes Schaf. Und die Leine heißt Qianhuo.«

Yingzhi wurde nachdenklich: »Aber sie behandeln mich wie Dreck, warum sollte ich ihnen die Freude machen?«

»Betrachte die Sache mal anders. Entscheidend ist doch nicht, ob sie sich freuen, sondern dass du dich freust. Wenn sie sich um das Kind kümmern, kannst du dich nach Herzenslust außerhalb des Hauses amüsieren, niemand und nichts kann dich davon abhalten. Dir geht es gut, und wenn du willst, kannst du in meiner Band singen und dir ein paar Kröten dazuverdienen, was hindert dich daran?«

San Huos Worte brachten in Yingzhi etwas zum Klingen. Stimmt eigentlich, was geht es mich an, ob sie sich freuen oder nicht, dachte sie. Genügt doch, wenn ich mich freue. Und kriege ich nicht meine verlorene Jugend zurück, wenn ich wieder in der San-Huo-Band singe?

»Kann ich denn wieder in die Band zurück?«, fragte sie aufgeregt.

»Na klar!«, sagte San Huo. »Deine Stimme hast du nicht verloren, und dein Gesicht ist immer noch jung und hübsch. Nur um die Hüfte musst du ein bisschen abnehmen, dann bist du wieder wie früher.«

Yingzhis Gesicht lief vor Begeisterung rot an. »Wirklich? Ist das wahr? Wirklich wahr?«, wiederholte sie mehrfach.

San Huo gab sein dröhnendes Gelächter von sich. »Ob das wahr ist, entscheide nicht ich. Frag deine Eltern.«

»Unsere Yingzhi ist ein Schmetterling, auch nach der Schwangerschaft sieht sie aus wie ein junges Mädchen, nicht wie eine verheiratete Frau«, sagte Yingzhis Mutter.

Der Vater dagegen hatte Einwände: »Ich finde das unpassend. Sie ist schließlich verheiratet und muss sich nach ihrer neuen Familie richten. Ihre Schwiegereltern werden nicht erfreut sein, wenn sich die Schwiegertochter draußen herumtreibt. Lass das lieber bleiben.«

»Ist mir doch egal. Sie wollten meine Heirat nicht, und ich will, dass sie sich ärgern.«

Guiqing war bereits so betrunken, dass er nicht mehr gerade stehen konnte, selbst seine Fähigkeit, dummes Zeug zu schwätzen, hatte er verloren. Yingzhi rief ihre Brüder, sie stützten ihn, brachten ihn in ihr Zimmer und legten ihn aufs Bett. Offenbar war ihm übel, er gab Grunzlaute von sich. Yingzhi warf ihm einen verächtlichen Blick zu und beachtete ihn nicht weiter. Sie öffnete die hölzerne Truhe, wo sie ihre Dinge von früher aufbewahrte, und kramte die Kleider hervor, die sie bei den Gesangsauftritten getragen hatte.

Obwohl nur ein paar Monate vergangen waren, rochen die Kleider bereits modrig, die Farben hatten aber nichts von ihrem ursprünglichen Glanz verloren. Trotz der Eiseskälte konnte sie der Versuchung nicht widerstehen, sie anzuprobieren. Als sie sich ihrer wattierten Jacke und ihres Pullovers entledigt und ihre wollene Unterwäsche bis auf den Büstenhalter ausgezogen hatte, begann sie vor Kälte zu zittern. Bibbernd streifte sie ein Kleid über und betrachtete sich von vorne und hinten im Spiegel. Ihre Brust war noch voller, sodass der Spalt zwischen ihren Brüsten noch tiefer wirkte, was nach Yingzhis Überzeugung die Wirkung noch steigerte. Um die Hüfte spannte das Kleid etwas, aber das störte nicht sehr. Sie sah nach wie vor außergewöhnlich hübsch darin aus. Sie machte vor dem Spiegel ein paar aufreizende Bewegungen, setzte ein betörendes Lächeln auf und probierte verschiedene Posen.

Mit einem Mal kehrte ihr Selbstvertrauen zurück. Ich werde ihnen Qianhuo überlassen, dachte sie bei sich, ich werde meinen eigenen Spaß haben.

6. Kapitel

Am Tag ihrer Rückkehr aus dem Elternhaus war Yingzhi erkältet. Sie vermutete, dass der Abend, an dem sie bei eisiger Kälte Kleider anprobiert hatte, die Ursache war. Mit ungewohnter Fürsorglichkeit versorgte Guiqing sie mit heißem Wasser und Medizin, halb sie tragend, halb sie stützend geleitete er sie zum Bett und trug dann mit der Begründung, er wolle vermeiden, dass sich das Kind ansteckte, Qianhuo aus dem Zimmer, um ihn den Schwiegereltern zu übergeben. Yingzhi beobachtete kühl das Geschehen und ließ ihn gewähren, da es ihren eigenen Absichten entsprach. Sie äußerte sich nicht und gab sich den Anschein krankheitsbedingter Schwäche.

Jung und kräftig wie sie war, überstand sie die Erkältung rasch, drei Tage später war sie vollkommen wiederhergestellt. Als wäre eine Erkältung zugleich eine Abmagerungskur, hatte sie um die Taille etwas abgenommen, was ihre Stimmung zusätzlich hob.

Guiqing war erleichtert, als er feststellte, dass Yingzhi die Entfernung des Kindes kommentarlos hinnahm und ihre Laune sich im Vergleich zu sonst verbesserte. Er begriff, dass sie sich damit abgefunden hatte, und kehrte umstandslos zu seiner gewohnten Lebensweise zurück. Tagsüber vertrödelte er die Zeit mit seinen Kumpels im Dorf, am Abend betrank er sich beim Mahjong-Spiel. Sämtliche häuslichen Angelegenheiten überließ er großzügig Yingzhi.

Nachdem Yingzhi ihren Sohn den Schwiegereltern überlassen hatte, beschränkte sich ihre Fürsorge auf das Stillen, selbst nachts schlief er bei der Schwiegermutter. Sie verbrachte zwei sorglos entspannte Tage, am dritten beorderte der Schwiegervater sie zur Arbeit in der Obstplantage. »Deine Schwiegermutter kümmert sich für dich um den Jungen, du hast nichts zu tun, los, an die Arbeit.«

Überrascht sah ihn Yingzhi an: »Wieso ich? Was ist mit Guiqing?«

»Guiqing hat sich von klein auf nie damit beschäftigt, er versteht nichts davon.«

»Ich hab mich auch von klein auf nie damit beschäftigt, ich verstehe auch nichts davon«, antworte Yingzhi kalt lächelnd.

»Du kannst es lernen«, sagte der Schwiegervater.

»Und Guiqing kann es nicht lernen?«

»Er will nicht.«

»Dann lerne ich es auch nicht.«

Der Schwiegervater verzog das Gesicht: »Was redest du da! Guiqing ist ein Mann, in seinem Alter muss ein Mann essen, trinken und sich amüsieren. Was würden die anderen von ihm denken, wenn er von morgens bis abends schuften würde? Sie würden ihn verachten. Du bist seine Frau, du musst lernen, für ihn da zu sein, dafür sorgen, dass man ihn achtet.«

»Wir leben in der neuen Gesellschaft, Männer und Frauen sind gleich. Wenn sich die Männer amüsieren, dürfen wir Frauen uns auch amüsieren, wenn wir arbeiten, müssen die Männer erst recht arbeiten.«

Der Schwiegervater war kurz davor, sie anzubrüllen. »Wo

gibt es denn so was?«, sagte er. »Schau dich im Dorf um, wo gibt es eine Frau, die nicht arbeitet? Und welcher Kerl geht sich nicht amüsieren? Wenn ich mal tot bin, muss er für die Familie sorgen, wann soll er sich denn amüsieren, wenn nicht jetzt?«

»Wo steht denn das geschrieben?«

Die Lautstärke des Schwiegervaters steigerte sich, es klang fast wie ein Tobsuchtsanfall: »Das ist die Regel, die seit jeher in unserer Familie gilt. Du bist in unsere Familie gekommen und hast dich an diese Regel zu halten!«

Die Schwiegermutter, die mit Qianhuo im Arm die ganze Zeit an den Türrahmen gelehnt zugehört hatte, meldet sich jetzt auch zu Wort: »Wenn dein Sohn mal geheiratet und deine Schwiegertochter einen Enkel zur Welt gebracht hat, dann brauchst du auch nicht mehr auf dem Feld zu arbeiten. Ich habe es mein ganzes Leben so gehalten. Du bist eine Frau, also benimm dich wie eine.«

Noch nie hatte Yingzhi ihren Schwiegervater so aufgebracht erlebt, er flößte ihr ein wenig Angst ein, sodass sie keine Widerworte wagte. Innerlich beschimpfte sie zunächst ihn mit wüsten Ausdrücken, anschließend beschimpfte sie die Schwiegermutter. Wieso soll ich mein Leben genauso verbringen wie du?, dachte sie bei sich. Warum darf ich nicht anders leben? Ihr habt keine Ahnung davon, wie eine Frau leben soll.

Trotz ihres innerlichen Widerwillens verließ sie gemeinsam mit dem Schwiegervater das Haus. Draußen pfiff ein schneidend kalter Wind, das Geräusch drang einem bis ins innerste Mark. Die Obstplantage lag außerhalb des Dorfes, sie mussten einige Kilometer am Fluss entlanglaufen. Das Gras am Ufer war verdorrt und duckte sich kraftlos auf den Boden. Der eisige Wind fegte über den Fluss, strich durch die dürren Gräser und fuhr einem in den Nacken. Aus Eitelkeit trug Yingzhi weder Mütze noch Halstuch, und ihre gefütterte

Baumwolljacke war so dünn, dass sie sich, dem Wind ausgesetzt, frierend zusammenkrümmte. Innerlich verfluchte sie ihre Schwiegereltern noch nachdrücklicher. Während sie in sich hineinfluchte, erreichten sie das Wäldchen, wo sie und Guiqing sich zum ersten Mal geliebt hatten. Bei der Erinnerung daran richtete sie ihre Wutkanonade nun gegen Guiqing, bis sie schließlich innerlich erschöpft einhielt.

Das Schlimmste war, dass es in der Obstplantage nicht das Geringste zu tun gab. Der Schwiegervater drehte ein paar Runden, ohne Yingzhi zu beachten, und begann dann mit gesenktem Haupt die Äste zu beschneiden. Yingzhi konnte ihm nicht dabei helfen, sie stand untätig daneben und fror. »Wenn's nichts zu tun gibt, geh ich in den Schuppen«, sagte sie. Der Schwiegervater reagierte nicht. Yingzhi gab ein Schnauben von sich und marschierte zur Strohhütte.

Die Hütte war meistens unbewohnt. Nur wenn die Birnen reif waren und Gefahr bestand, dass sie gestohlen wurden, hielt jemand nachts Wache darin. Die Abwesenheit von Menschen hatte offenbar Hunde angelockt, noch wahrscheinlicher auch Burschen und Mädchen, die sich verbotenerweise hier vergnügt hatten. Es herrschte entsetzliche Unordnung, und es stank zum Erbrechen. Noch ehe sie die Hütte betreten hatte, schlug ihr daraus ein derart bestialischer Gestank entgegen, dass sie ein paar Schritte zurückwich. Sie wandte sich um, um nach ihrem Schwiegervater zu sehen. Der beschnitt nach wie vor gesenkten Hauptes die Äste und beachtete sie nicht. Unschlüssig stand Yingzhi eine Weile am Eingang, dann entdeckte sie neben der Tür einen Bambusbesen, sie nahm ihn gottergeben, hielt sich die Nase zu und ging hinein, um die Hütte vom gröbsten Dreck zu befreien.

Nachdem sie die Strohhütte ausgekehrt hatte, setzte sie sich auf den Boden, umschlang ihre Knie und spähte durch den Türspalt nach draußen. Sie beobachtete den Schwiegervater, wie er in der Ferne Schritt für Schritt die Schere schwang. So ist das also, dachte sie, ihr habt Qianhuo übernommen, um mich an die Kandare zur kriegen, ihr wollt, dass ich euch die Arbeiterin mache. Pah! Vor Wut presste Yingzhi die Zähne zusammen.

Als San Huo kam, um Yingzhi zu sprechen, war sie noch nicht von der Obstplantage zurück. San Huo blickte um sich und hatte erneut den Eindruck, dass sie eine kapitale Fehlentscheidung getroffen hatte. Wie konnte jemand mit ihrem Aussehen in eine derartige Familie einheiraten! Das Anwesen verströmte den Geruch von Armseligkeit, das Gebäude war abgewohnt und stammte mindestens aus der Zeit von Guiqings Großvater. Auch der Hof war ziemlich heruntergekommen, in einer Ecke stapelten sich Ziegel, als warteten sie auf einen Anbau.

Yingzhis Schwiegermutter saß, Qianhuo auf dem Arm, im Hof und summte ein Volkslied. San Huo, der Qianhuo wiedererkannte, fragte nach Yingzhi.

Die Schwiegermutter beantwortete seine Frage nicht, sondern starrte in San Huos Gesicht und fragte ihn argwöhnisch, was er wolle. San Huo wurde ärgerlich und fuhr sie an: »Hast du wirklich keine Ahnung? Yingzhi nennt mich Onkel. Am Tag, als dein Sohn sie geheiratet hat, hat meine Band bei euch gesungen. Ich hab es fürs halbe Geld gemacht, geht das in deinen Schädel? Du benimmst dich, als hätte ich was mit ihr.«

Zum Glück erschien Guiqing, er hatte beim Spiel verloren und kam, um Geld zu holen. Er bemerkte San Huos Zorn und eilte herbei, um die Wogen zu glätten. Als San Huo erfuhr, dass Yingzhi zur Arbeit in die Obstplantage geschickt worden war, während Guiqing sich mit seinen Kumpanen die Zeit beim Spiel vertrieb, wurde er bleich vor Zorn und fuhr Guiqing an: »Du hast es nicht verdient, dass Yingzhi dich geheiratet hat. Du bist ein ausgewachsener Kerl und schickst sie an einem solchen Tag zum Arbeiten, während du dich amüsierst.«

Guiqing machte eine schnelle abwehrende Geste und beteuerte, er habe nicht gewusst, dass sein Vater Yingzhi zum Arbeiten geschickt hatte, tatsächlich gebe es an so einem kalten Tag auch gar nichts Dringendes zu erledigen.

San Huo hatte keine Lust, sich weiter mit Guiqing zu unterhalten, und begnügte sich mit der Bemerkung: »Sag Yingzhi, sie soll morgen um zehn in Huangyewa sein. Und sie soll nicht vergessen, ihr Bühnenkostüm mitzunehmen.« Sprach's, stieg auf sein Fahrrad und verschwand.

Guqing hatte mehrere Tage hintereinander beim Spiel verloren. Was sich an Geld im Haus befand, hatte er auf den Spieltisch getragen. Und nun hatte er erneut verloren und mehrere Hundert Kuai Spielschulden. Eigentlich hatte er seine Eltern anpumpen wollen, aber nach dem Gespräch mit San Huo änderte er seine Absicht. Er wusste, dass Yingzhi von jedem Auftritt einen Haufen Geld nach Hause brachte, es würde mehr als genug sein, um seine Schulden zu begleichen. Sofort hellte sich seine Stimmung auf. Bester Laune rannte er San Huo nach und schrie: »Wie viel Geld fällt dabei für unsere Yingzhi ab?«

Grimmig bemerkte Yingzhis Schwiegermutter von der Seite: »Ein übler Kerl, dieser Chef von der Gesangstruppe, man muss ihm nur in die Augen schauen, dann weiß man Bescheid. Hast du keine Angst, wenn du Yingzhi mit dem losziehen lässt, dass er es auf sie abgesehen hat?«

»Unmöglich! Yingzhi nennt ihn Onkel, und sie kommen aus demselben Dorf. Der Hase grast nicht neben seinem Nest.«

»Sie ist ein billiges Flittchen. Wenn der Kunde nicht zugreift, dann kommt sie frei Haus.«

Guiqing lachte: »Ein scharfes Stück ist sie, aber sie ist

scharf auf solche wie mich. Beim nächsten Mal sucht sie sich wieder einen jungen, gut aussehenden, warum soll sie sich auf so einen alten Knacker einlassen?«

»Ich kenne mich besser aus mit solchen Herumtreiberinnen, und über diese Typen weiß ich auch besser Bescheid als du. Du bist ein junger Hüpfer und stehst voll im Saft, aber diese alten Füchse haben ihre geheimen Tricks und verstehen sich auf die sanfte Tour.«

Guiqing lachte noch schallender: »He Ma, ich hatte ja keine Ahnung, dass du dich so gut damit auskennst.«

In diesem Moment kehrte Yingzhi zurück. Als sie sein fröhliches Lachen hörte und daran dachte, dass sie bei dieser Eiseskälte zum Arbeiten geschickt worden war, stieg Zorn in ihr auf. Er wartete nur darauf, Guiqing ins Gesicht geschleudert zu werden. Doch der kam ihr zuvor, noch bevor sie den Mund öffnen und lostoben konnte, stürzte er mit einem Freudenschrei auf sie zu und rief geradezu kindlich: »Yingzhi, meine liebe Yingzhi, du unsere Göttin des Reichtums, endlich bist du zurück. Der Onkel San Huo war hier, um nach dir zu fragen.«

Auf Yingzhis finsterem Gesicht standen die Zeichen auf Wut, doch als sie hörte, dass San Huo sie aufgesucht hatte, verrauchte ihr Zorn, und sie fragte eilig: »Hat er gesagt, was er von mir will?«

»Aber klar doch. Du sollst morgen um zehn direkt nach Huangyewa kommen. Er will bestimmt, dass du mit der San-Huo-Band auftrittst und singst. Du musst unbedingt mit ihm über den Preis reden.«

Yingzhi war überglücklich: »Wirklich? Ich soll morgen singen?«

»Warum sollte ich dir was vormachen? Heute gehst du früh schlafen, du musst morgen fit sein fürs Singen. Ich stehe total hinter dir.«

Yingzhi durchschaute seine Absicht, verdrehte die Augen und sagte: »Glaubst du im Ernst, ich gebe dir mein sauer verdientes Geld, damit du es verspielst? Schlag dir das aus dem Kopf!«

Guiqing wagte keine Widerrede. Er fürchtete, am Ende würde überhaupt nichts für ihn herausspringen, wenn er es sich mit ihr verdarb. Hastig sagte er mit seinem falschen Grinsen im Gesicht: »Kommt nicht infrage, das würde ich nie tun. Nicht mal im Traum würde ich daran denken.« Bei sich dachte er: Wenn das Geld erst mal im Haus ist, wirst du meine Schulden bezahlen, ob du willst oder nicht. Ich habe in der Familie das Sagen, also musst du tun, was ich dir sage. Außerdem bist du meine Frau, du gehörst mir, also gehört auch dein Geld mir. Dieser Gedanke erfüllte ihn mit tiefer Zuversicht.

Obwohl sie den ganzen Tag in der Obstplantage verbracht und eine Mordswut im Bauch hatte, war Yingzhi bester Stimmung. Auch sie wollte es sich mit Guiqing nicht verderben, sie brauchte seine Unterstützung für ihre Gesangsauftritte. Abends im Bett reagierte sie friedlich und bereitwillig auf Guiqings Annäherungen, und als er schließlich schnarchend neben ihr lag, hatte sie plötzlich das Gefühl, den entspanntesten Abend seit ihrer Heirat erlebt zu haben.

7. Kapitel

Yingzhi stand in aller Frühe auf, kleidete und putzte sich nach allen Regeln der Kunst heraus. Guiqing sah auf dem Bett liegend zu, wie sie sich schminkte und frisierte, wie sich eine nachlässig gekleidete und unfrisierte kleine Hausfrau auf einmal in eine attraktive Schönheit verwandelte. Etwas in ihm krampfte sich zusammen, es sah aus, als schickte sich die eigene Ehefrau gerade an, das Haus zu verlassen, um zu heiraten. »Yingzhi«, sagte er, »bevor du gehst, muss ich mit dir was klären. Singen ist okay, aber du darfst dich nicht an andere ranmachen. Vergiss nicht, du bist meine Frau.«

Yingzhis Miene verspannte sich. »Red keinen Scheiß, du treibst dich selbst den ganzen Tag draußen herum, und jetzt kümmerst du dich plötzlich darum, was ich mache. Wann habe ich mich jemals an jemanden rangemacht?«

»Durch meine Herumtreiberei hab ich dich in die Finger gekriegt, mehr brauche ich nicht. Und du hast auch mich angemacht und damit geschnappt, aber damit muss jetzt Schluss sein. Du bist die Mutter von meinem Kind.«

»Ich tue, was San Huo von mir verlangt. Ist nicht deine Angelegenheit.«

»Versteht sich, da draußen musst du auf San Huo hören, das ist in Ordnung, aber hier im Haus hörst du auf mich. Jetzt bist du hier und musst mir gehorchen. Als junges Mädchen mit Jungs rumzumachen ist eine feine Sache, was Schönes. Eine verheiratete Frau, die sich an Männer ranmacht, macht sich billig. Wenn sie andere Männer verführt, dann ist sie ein Hure, die andere anbettelt, sie zu ficken. Wenn du wagst, so was zu machen, dann breche ich dir die Beine. Ein Kerl wie ich kann ohne Frau leben, aber Hörner lasse ich mir nicht aufsetzen.«

Yingzhi war an diesem Morgen guter Laune und hatte keine Lust auf eine Auseinandersetzung. Obwohl sie vor Wut über Guiqings Gequatsche zitterte, war sie sich klar darüber, dass es kein gutes Ende nehmen würde, wenn sie jetzt Krach schlug. Sie brachte nur ein zorniges »Du bist ja verrückt!« hervor. Ohne auch nur zu frühstücken, drehte sie sich um und verließ das Haus.

Die Morgenluft erfrischte sie. Die Sonne war noch nicht aufgegangen, Morgennebel lag über dem weiten, unbestellten Land. Ein Morgenlüftchen kam auf, der nicht sehr dichte weiße Nebel wogte im Wind, wurde immer lichter und löste sich auf, noch ehe die Sonne aufging. Als Yingzhi in Huangyewa ankam, war die San-Huo-Band schon nahezu vollständig versammelt. Nach einer lautstarken Begrüßung der alten Bekannten machte man sich an den Bühnenaufbau. Für das Bedienen der CD-Anlage war nach wie vor Wentang zuständig. Yingzhi hatte ein ganzes Jahr nicht gesungen, er ging mit ihr die Liedtexte durch. »Yingzhi«, sagte er dabei, »warum hast du so übereilt geheiratet? Du hast mir nicht mal Gelegenheit gegeben, dir den Hof zu machen.«

Yingzhi lachte: »Als würdest du dir was aus mir machen! Du bist ein Städter, deine Alte ist schön wie eine Blume. Ich bin eine vom Dorf, was hätte ich für eine Heirat zu bieten?«

Auch Wentang lachte: »Stadt oder Land, was macht das bei einer Frau für einen Unterschied? Gut aussehen muss sie, anständig muss sie sein und nachts im Bett Feuer haben.«

Irgendetwas in Yingzhi wurde dadurch wachgekitzelt, sie blickte Wentang an und lachte: »Bei den ersten beiden Bedingungen muss ich passen, aber bei der letzten bin ich Spitze.«

Wentang lachte laut los und sagte: »Ehrlich gesagt, sind die beiden ersten Bedingungen nutzlos, entscheidend ist die letzte. Meine Frau bringt da gar nichts zustande. Möchte nur wissen, ob Guiqing mit dir mithalten kann.«

Beim Gedanken an Guiqings nächtliche Wildheit zog sich ihr Herz ängstlich zusammen, aber sie sagte mit Absicht: »Mit Guiqing ist es in Ordnung, aber ich halte auch mit fünf bis acht weiteren mit.« Kaum hatte sie den Satz beendet, giggelte sie los und konnte nicht mehr aufhören.

In ihr Kichern hinein sagte Wentang ebenfalls lachend: »Na gut, dann zähl mich dazu.«

Von da an war da etwas zwischen den beiden.

Anlass für den Auftritt in Huangyewa war eine Hochzeit. Sie dauerte den ganzen Tag, der Empfang der Braut sollte erst in der Abenddämmerung stattfinden. Daher war von morgens bis abends die Luft im Dorf ununterbrochen von Schlagermusik erfüllt. Die San-Huo-Band verfügte über vier Sänger und Sängerinnen, die abwechselnd auf die Bühne traten. In den Ruhepausen begann Wentang an Yingzhi herumzumachen. Anfangs verpasste sie ihm zwei Ohrfeigen, als er sie angrapschte, und forderte ihn auf, sich zu benehmen. Wentang beugte sich über sie und flüsterte ihr ins Ohr: »Wir sind doch beide keine Anfänger, wir spielen nur ein bisschen miteinander, du bist verheiratet, ich weiß schon, wo die Grenzen sind.« Da ist was dran, dachte Yingzhi, ich bin schließlich schon verheiratet, meine Unschuld ist eh verloren. Was macht es, wenn ich ein bisschen mit ihm rumspiele. Und so ließ sie ihn gewähren.

Der Auftritt in Huangyewa brachte Yingzhi zweiundsiebzig Kuai ein. Etwas weniger als früher. Huangyewa gehöre zu den ärmeren Dörfern, erklärte San Huo. Schon die Vertragssumme sei nicht hoch gewesen, und man habe nur wenige Lieder bestellt. Yingzhi war über den geringen Verdienst ein wenig missgestimmt, aber sie konnte sich schlecht beschweren.

Weil sie unterschiedliche Heimwege hatten, konnte der Wagen sie nicht mitnehmen, sie musste allein nach Hause gehen. Sie hatte sich kaum in Bewegung gesetzt, als sie auf Wentang stieß, der vom Abort zurückkam. »Du willst schon los?«, fragte er.

»Es wird sonst zu spät. Die andern beladen den Wagen. Du willst dich wohl drücken?«

Ohne etwas zu sagen, umarmte Wentang sie stürmisch und fuhr ihr blitzgeschwind mit einer Hand in den Schritt. Sie stieß ihn zurück und sagte: »Lass das, du treibst es zu weit.«

»Ist doch nur Spiel.«

Sie stieß ihn erneut zurück: »Warum soll ich mit dir spielen?«

»Du hast mich heiß gemacht.« In diesem Moment rief San Huo nach ihm, der Wagen war startbereit. Wentang zog etwas aus seiner Hosentasche hervor und drückte es Yingzhi in die Hand. Dann griff er ihr Gesicht, zog es zu sich, drückte ihr einen stürmischen Kuss auf den Mund und rannte ohne ein weiteres Wort davon. Wie zur Salzsäule erstarrt sah Yingzhi seinem davoneilenden Umriss nach, ihr Herz klopfte wild. Sie wischte sich unwillkürlich kräftig über den Mund, die darauf zurückgebliebene Empfindung verwirrte sie. Erst anschließend richtete sie ihren Blick abwärts auf das, was ihr Wentang in die Hand gedrückt hatte. Ein Zehn-Kuai-Schein.

Es dunkelte bereits, Yingzhi stellte auf dem Heimweg ihre Berechnungen an. Mit dem Singen hatte sie heute zweiundsiebzig Kuai verdient, Wentangs Kuss hatte ihr zehn Kuai eingebracht, das waren insgesamt zweiundachtzig Kuai. Wentangs zehn Kuai waren einfach verdientes Geld. Sie würde bei künftigen Auftritten bestimmt nicht weniger als achtzig Kuai nach Hause bringen, lag der reguläre Verdienst darunter, würde sie Wentang erlauben, ein wenig an ihr rumzumachen. Es war ihr Körper, weiteres Kapital brauchte sie nicht. Guiqing amüsierte sich mit ihr, ohne einen Fen zu bezahlen. Hinzu kam, dass es ihr nicht unangenehm war, wenn ein anderer mit ihr herumknutschte. Was also sprach dagegen? Und Wentang hatte ja gesagt: nur ein bisschen spielen. Ausländer umarmten sich zur Begrüßung, ob sie einander kannten oder nicht, küssten sich sogar. Das war Ausdruck von Höflichkeit, sie brauchte sich bloß vorzustellen, dass sie im Ausland und höflich war.

Im nächsten Schritt überlegte sie, wie sie sich verhalten sollte, wenn auch andere ausländische Höflichkeit mit ihr praktizieren wollten. Nach reiflicher Überlegung gab sie sich eine feste Regel: Wenn dabei Geld floss, würde sie es tun. Eine weitere Regel besagte: Erlaubt war nur Knutschen. Ein klein wenig Rumspielen. Aber was Ernsthaftes war verboten. Sie durfte nicht zu sehr in Guiqings Schuld stehen. Mit diesen Überlegungen kehrte sie nach Hause zurück.

Yingzhi nahm ihr gewohntes Leben wieder auf. Ihr Geld vermehrte sich von Tag zu Tag, und sie war Tag für Tag gut gelaunt. Und gegen ihre gute Laune konnte Guiqing schlecht etwas einwenden. Für ihn war entscheidend, dass er regelmäßig nachts im Bett finanzielle Unterstützung von Yingzhi fordern konnte. Damit ging er ihr zwar auf die Nerven, aber ihr war bewusst, dass sie auswärts singen konnte, solange sie ihn ruhigstellte. Und weiter verdienen konnte sie nur, wenn sie auswärts singen konnte. Daher gab sie ihm immer, wenn er es verlangte, eine kleine Summe.

Die Auftritte der San-Huo-Band zogen sich jedes Mal über den ganzen Tag hin. Die Frauen waren leicht bekleidet, Männlein und Weiblein saßen eng aufeinander, da kam es unvermeidlich zu gewissen Übergriffen. Es war nicht mehr nur Wentang, der klammheimlich mit ihr herumknutschte, auch andere holten sich ihren Teil. Xiao Hong, das Mädchen, das zusammen mit Yingzhi auftrat, war unverheiratet und daher großzügiger. Wann immer von den Männern gewisse Hilfeleistungen erbeten wurden, war Xiao Hong mit vollem Körpereinsatz dabei. Zu Beginn hatte auch Wentang mit Xiao Hong abgehangen, und Yingzhi hatte bei dem Anblick ein schiefes Gesicht gezogen. Wentang drehte sich um und umarmte Yingzhi. Schließlich würden sie doch alle nur miteinander herumspielen, sagte er, es sei doch nichts Ernsthaftes und kein Grund zur Eifersucht. Yingzhi dachte darüber nach und kam zum Ergebnis, dass sie kein Recht hatte, Wentang als persönliches Eigentum zu betrachten, sie gehörte schließlich auch nicht ihm allein. Als ihr Mitsänger Zuqiang heimlich angefangen hatte, an Yingzhi herumzufummeln, hatte sie ihn gewähren lassen. Nach nicht allzu langer Zeit sprach es sich in der San-Huo-Band herum, dass man Xiao Hong ficken konnte, während Yingzhi nur an sich herumfummeln ließ. Für das Ficken verlangte Xiao Hong kein Geld, während es bei Yingzhi nichts kostenlos gab. Die ganze Truppe witzelte darüber, dass sich wider Erwarten die verheiratete Yingzhi jungfräulicher benahm als die unverheiratete Xiao Hong.

Eines Tages hatten sie ihren Auftritt im Dorf Yinshui, Silberwasser. In der Familie war ein Alter gestorben, es war also eine Trauerfeier. Nach dem Leichenschmaus wurde der Sarg auf einen Bergabhang getragen, um dort in die Erde versenkt zu werden. Es regnete in Strömen. Die San-Huo-Band musste zurückbleiben und verkroch sich vor dem Regen in der Ahnenhalle. Man saß müßig herum, einige der Männer spielten

Karten. Jeder der Spieler rückte fünfzig Kuai heraus, das Geld wurde zu gleichen Teilen zwischen Yingzhi und Xiao Hong geteilt. Bedingung war, dass jeder, der gewann, eine Runde lang eine der beiden Frauen auf den Schoß nehmen konnte. Selbst San Huo beteiligte sich am Spiel. Yingzhi und Xiao Hong hatten nicht das Gefühl, dass sie dabei zu kurz kamen, kichernd und lachend wanden sie sich auf den Knien der Männer hin und her, von denen sie umschlungen und befummelt wurden.

An diesem Tag nahm Yingzhi hundertzweiunddreißig Kuai ein, fünfzig davon waren leicht verdientes Geld, ein bisschen an sich herumspielen lassen, das war's. Sie war sehr vergnügt.

Als sie nach Hause zurückkam, hatte es bereits aufgehört zu regnen. Guiqing lag mit verdrossener Miene auf dem Bett, eine Zigarette zwischen den Lippen. Yingzhi erkannte auf den ersten Blick, dass er beim Spiel verloren hatte. Sie wollte keinen Krach schlagen, stattdessen nahm sie aus ihrer Tasche zwanzig Kuai und warf sie aufs Bett.

»Also so was, heute geht die Sonne im Westen auf! Du gibst mir Geld, bevor ich den Mund aufmache?«, war Guiqings Reaktion.

Yingzhi, die damit beschäftigt war, ihre nassen Kleider zu wechseln, antwortete nicht. »Aber ich sag dir was, Yingzhi«, fuhr Guiqing fort, »wenn du es schon so gut mit mir meinst, dann meine es noch ein bisschen besser. Ich schulde Glatzkopf fünfzig Kuai, Youjie dreiundvierzig und Heipang vierzehn Kuai. Heute habe ich erst verloren, aber dann wie wild gewonnen. Eigentlich hätte ich den Verlust wettmachen müssen, aber die Alte von Youjie hat ihn mit sich nach Hause gezerrt. So ein Mist, die fette Sau, mit der wird es garantiert ein übles Ende nehmen. Gib mir noch mal hundert Kuai, okay? Meinetwegen auch neunzig.«

»Das kannst du dir abschminken«, sagte Yingzhi. »Ich rackere mich da draußen ab für die paar Kröten, füttere dich hier durch, du verdienst keinen Fen und verlierst auch noch Geld. Wo gibt's denn so was?«

»Warte ab, bis du alt bist, dann füttere ich dich durch, das gleicht sich doch aus. Und was soll das heißen, du fütterst mich durch? Durchfüttern tun mich meine Eltern, sie kommen für alles auf, und sie tun's gern. Du bist noch nicht dran mit dem Durchfüttern.«

»Das ist wohl wahr, deine Eltern füttern dich gern durch, also geh zu ihnen, wenn du Geld brauchst.«

»Du hast ihnen Qianhuo überlassen, du schuldest ihnen Pflegegeld. Her damit, ich gebe es meiner Mutter.«

Yingzhi kochte vor Wut, aber sie beherrschte sich. Krach schlagen war nutzlos. Wenn es hart auf hart kam, konnte sie das Haus nicht mehr verlassen, und das wäre das Schlimmste. Daher warf sie ihm die neunzig Kuai hin und sagte wutschnaubend: »Hör gut zu, das ist das letzte Mal. Wenn du neue Klamotten brauchst, kannst du mit mir reden, wenn du weiter Geld verspielst, kriegst du von mir keinen Fen mehr.«

Guiqing nahm das Geld, pfiff ein paarmal und sagte mit einem abgefeimten Grinsen: »Beim nächsten Mal sehen wir weiter. Ehrlich gestanden schulde ich Glatzkopf nur zwanzig Kuai und Youjie nur dreißig, ich hab also diesmal vierzig Kuai verdient. 'ne Flasche Schnaps und zwei Stangen Zigaretten, das muss doch drin sein, oder?« Noch bevor er zu Ende gesprochen hatte, war er aus der Tür gerannt.

Yingzhi stockte der Atem vor Zorn. Sie legte sich aufs Bett und dachte an die Szene mit den Jungs, die sie einander weitergereicht hatten, dachte daran, wie sie mit den Händen an ihr herumgespielt hatten und hatte plötzlich das Gefühl, dass sie ihnen noch mehr anbieten könnte, wenn sie ein bisschen mehr Geld herausrückten. Zum Beispiel mit ihnen schlafen?

Doch sie verwarf den Gedanken sofort. Geld war eine feine Sache, aber was an Geld reinkam, floss auch in den Unterhalt der Familie, ihr Körper dagegen gehörte schließlich ihr ganz allein, den eigenen Körper gegen Geld für die ganze Familie einzutauschen, war letztlich ein schlechtes Geschäft.

Die ganze Nacht über war Yingzhi innerlich aufgewühlt.

8. Kapitel

Ein Jahr verging, Yingzhis angesammeltes Geld hatte die Tausender-Marke überschritten. Sie versteckte ihre Ersparnisse an einem Ort, den selbst Guiqing nicht kannte. Der hatte mehrfach versucht zu erfahren, über wie viel Geld sie verfügte, Yingzhi hatte es ihm nicht verraten. Einmal hatte er einen ernsthaften Versuch unternommen und war mit wüsten Beschimpfungen über Yingzhi hergefallen. Er erklärte, das Vermögen von Mann und Frau sei nach der Heirat gemeinschaftlicher Besitz, er müsse deshalb wissen, wie viele Ersparnisse sich im Haus befänden.

Yingzhi reagierte nicht weniger heftig. Wenn er selbst einmal auch nur hundert Kuai verdienen würde, wäre sie zu gemeinsamem Besitz bereit. Gegenwärtig sei sie die Einzige, die Geld verdiene, es gehöre deshalb selbstverständlich ihr ganz allein. Guiqing hielt dagegen, in einer Familie gebe es nun mal einen, der Geld verdiene, und einen, der es verwalte. Als Oberhaupt der Familie sei er für die Verwaltung des Geldes zuständig. Yingzhi hielt dagegen, es sei der Mann, der in einer Familie das Geld verdienen müsse, die Frauen würden es verwalten. Bei ihnen fiele der Mann aus, da müsse die Frau eben das Geld verdienen und es auch verwalten. Guiqing argumentierte, man lebe in der neuen Gesellschaft, da seien Männer und Frauen gleich. Wenn die Frau die Fähigere sei, müsse sie das Geld verdienen, und der Mann, der dazu unfähig sei, bleibe zu Hause und verwalte es.

Die Streitereien um das Geld nahmen an Häufigkeit und Heftigkeit so zu, dass Yingzhis Schwiegereltern im Interesse Guiqings die Clan-Oberhäupter herbeiriefen, würdige Alte, die ein gerechtes Urteil fällen sollten. Nachdem die alten Männer Guiqing angehört und auch Yingzhi zu Wort hatten kommen lassen, urteilten sie, dass der Mann, ob er Geld verdiene oder nicht, Oberhaupt der Familie sei. Die Frau müsse daher selbst verdientes Geld bis auf den letzten Fen dem Mann aushändigen. Nachdem Guiqing den Urteilsspruch der Alten gehört hatte, bellte er Yingzhi an: »Da hast du's, du hast gehört, was die Alten sagen. Sie haben ihr Lebtag noch nie gehört, dass die Frauen über das Vermögen der Familie bestimmen. Der Mann ist Chef der Familie, das gehört zu den hervorragenden Traditionen der chinesischen Nation.«

Yingzhi war im Nachteil, und sie wusste nicht, was sie darauf erwidern sollte. »Scheiß auf deine hervorragende Tradition!«, war das Einzige, was ihr einfiel.

Mit dieser rüden Antwort hinterließ Yingzhi bei den Alten des Clans einen denkbar schlechten Eindruck. Das ließ sie kalt. Ihr seid alle vom selben Stamm, dachte sie. Und ihr seid alle Männer, ihr pfeift alle dieselbe Melodie, wo ist da die Gerechtigkeit? Das Geld, das ich mit meiner Hände Arbeit verdiene, gehört in meine Hände. Sie war in diesem Haus eine Außenseiterin, die Schwiegereltern legten ihr Steine in den Weg, wo sie nur konnten, der Mann verstand sich nur aufs Fressen, Saufen und Amüsieren. Abgesehen davon, dass er sie nachts im Bett bestieg, war er ein völliger Versager. Welche Sicherheit hatte sie noch, wenn das Geld nicht unter ihrer

Kontrolle war? Welche Stellung in der Familie, welches Recht auf Mitsprache? Sie entschied daher, die Verwaltung des Vermögens nicht aus der Hand zu geben. Zu Guiqing sagte sie: »Von mir kriegst du nichts, nicht mal, wenn sie dich nach Peking auf eine Konferenz* einladen.«

Gegen Yingzhis Entschlossenheit war Guiqing machtlos. Sein einziges Mittel, an Geld zu gelangen, bestand darin, Yingzhi schon früh am Abend ins Bett zu locken und aus Leibeskräften seinen ehelichen Pflichten nachzukommen, um sie anschließend, wenn sie erschöpft nebeneinanderlagen, mit zärtlichen Worten und liebevollen Neckereien in gute Stimmung zu bringen. Auf diese Weise konnte er zehn oder zwanzig Kuai aus ihr herauslocken.

Dank einer Frau, die auswärts Geld verdiente, und Eltern, die sich um das Kind kümmerten, hatte er keinerlei Verpflichtungen und konnte sich mit seinen Kumpels nach Herzenslust vergnügen.

Anders als im Alter-Tempel-Dorf, waren viele der arbeitsfähigen Bewohner der benachbarten Dörfer in den Süden gegangen, um sich als Wanderarbeiter zu verdingen. Betrat man die Dörfer, herrschte dort nach Guiqings Worten das ganze Jahr über »Achter März« – Frauentag, »Erster Juni« – Kindertag und »Neunter September« – Tag der Alten. Junge und gesunde Arbeitskräfte waren praktisch unauffindbar.

Im Alter-Tempel-Dorf dagegen bevorzugten die jungen Leute, es sich zu Hause bequem zu machen. Im Dorf selbst hieß es, das Dorf sei nicht arm, niemand müsse hungern. Was sei gut daran, in die Ferne zu ziehen, die Eltern erschöpft und voller Sorgen zurückzulassen und selbst ein hartes Dasein zu fristen? Selbstgenügsamkeit und Lebensfreude seien die Haupttugenden der Chinesen. Genug zu essen und zu trinken,

* Eine hohe Ehre für einen chinesischen Bürger, nicht nur auf dem Land.

ein Leben ohne Unterdrückung und Ausbeutung durch Großgrundbesitzer, was könne man sich Besseres wünschen? Die Dorfbewohner waren mit ihrem ereignislosen und eintönigen Leben höchst zufrieden. Deshalb verhielten sie sich gegenüber jungen Burschen um die zwanzig wie Guiqing höchst nachsichtig.

Guiqings Spielsucht steigerte sich immer mehr, häufig blieb er nächtelang außer Haus. Als er zum ersten Mal nachts nicht zurückkam, war Yingzhi noch voller Groll. So ganz allein zu schlafen fühlte sich an wie fruchtbares Land, das brachlag, sodass darauf wilde Kräuter wucherten, es erklang nicht der Gesang der Feldbestellung, nur das traurige Pfeifen des Windes und Kälte, die einen frösteln machte. Nachdem Guiqing immer öfter nachts ausblieb, verlor sich bei Yingzhi die Empfindung von Kälte. Sie fand im Gegenteil, dass das Alleinsein seine Annehmlichkeiten hatte. Das Ackerland mochte zur Sandwüste verdorren, aber auch die Sandwüste hat ihren Reiz.

Yingzhis Schwiegereltern nahmen die Sache allerdings nicht so locker. Solange er tagsüber im Dorf spielte, hatten sie keine Einwände, aber dass er nachts nicht mehr nach Hause kam, machte sie unruhig. Schuld daran war aus ihrer Sicht nicht seine Spielsucht, sondern die mangelnde Fürsorge Yingzhis. Dass Yingzhi sich den ganzen Tag irgendwo draußen herumtrieb, führte dazu, dass Guiqing seine Zeit lieber außerhalb anstatt im eigenen Heim verbrachte. Ohne sie beim Namen zu nennen, ergingen sie sich beim Essen oft in Andeutungen über Yingzhis Verhalten und erbosten Yingzhi jedes Mal derart, dass sie zu streiten begann. Mit dem Ergebnis, dass sie ihre Reisschale auf den Tisch knallte und das Haus verließ, ohne sich satt gegessen zu haben.

Als Guiqing wieder einmal nachts nicht nach Hause gekommen war, erhob sich Yingzhi in aller Frühe, machte sich für einen Auftritt zurecht und verließ das Haus, ohne sich um Guiqings Ausbleiben zu kümmern. Als sie gegen Abend zurückkehrte, waren alle in Aufruhr. Die Schwiegermutter heulte lauthals, der Schwiegervater schlug fluchend mit der Faust auf den Tisch und warf mit Stühlen um sich. Yingzhi, die keine Ahnung hatte, was geschehen war, fragte ihre kleine Schwägerin. Die verzog den Mund: »Na, wegen meinem Bruder.«

Beim Anblick Yingzhis richtete sich der Zorn des Schwiegervaters augenblicklich gegen sie: »Wie weit willst du es noch treiben? Den ganzen Tag hast du nichts Besseres zu tun, als dich mit diesen Kerlen da draußen herumzutreiben, und um den eigenen Mann kümmerst du dich einen Dreck!«

Ohne Vorwarnung auf diese Weise angegriffen brach sich in ihr der angestaute Zorn Bahn: »Was heißt hier herumtreiben? Was ist das für ein Schwiegervater, der einen grundlos beleidigt?«

Die Schwiegermutter schrie heulend: »Wenn Guiqing irgendwas passiert, kriegst du es mit mir zu tun!«

»Was ist denn mit ihm? Wie kommt ihr dazu, so mit mir zu reden? Was habe ich ihm getan?«

Die Schwägerin hielt den Streit nicht mehr aus und schrie: »Hört auf zu zanken. Mein Bruder steckt in Schwierigkeiten, was nützt es da, herumzustreiten?«

Der Aufschrei ihrer Schwägerin erschreckte Yingzhi, sie wurde kreidebleich, und ihre Beine gaben nach. Sie begriff plötzlich, dass der Aufruhr, den die Schwiegereltern veranstalteten, mit Guiqing zu tun hatte. Wenn ihm nun tatsächlich etwas zugestoßen war? Wenn er zum Beispiel tot war oder schwer verletzt? Als ihr diese Gedanken durch den Kopf schossen, stieg Angst in ihr hoch. Hastig fragte sie: »Was ist los? Was ist mit Guiqing passiert?« Sie hörte das Zittern in ihrer Stimme.

»Gestern Abend ist er in der Stadt von der Polizei festgenommen worden«, sagte die Schwägerin.

»Wo denn, und warum?«, fragte Yingzhi fassungslos.

Die Schwägerin senkte ihre Stimme: »Von Youjies Frau habe ich gehört, dass es in der Karaoke-Tanzbar Qiaomei, im ›Reizenden Schwesterchen‹ in der Stadt passiert ist, es heißt, sie hätten … hätten …«

Yingzhis Inneres krampfte sich zusammen, sie fühlte übermächtigen Zorn in sich aufsteigen, aber sie fragte dennoch weiter: »Was ist mit ihm?«

Das Gesicht der Schwägerin verfinsterte sich. Verdrossen sagte sie: »Es ist wirklich zum Kotzen. Mein Bruder ist widerlich. Sie haben gemeinsam eins der Fräulein dort vergewaltigt.«

Yingzhis aufsteigende Wut drohte ihre Brust zu sprengen. Sie sprang auf und schrie ihre Schwiegereltern an: »Da seht ihr, das ist euer Sohn! Ihm krümmt ihr kein Haar, aber ich werde beschimpft. Er benimmt sich da draußen wie ein Lump, und ich, seine Frau, verliere mein Gesicht.«

Die Schwiegermutter gab nicht klein bei: »Vor seiner Heirat war unser Guiqing so ein lieber Junge. Nie hat er was Schlimmes angestellt, er war immer brav und hat uns aufs Wort gehorcht. Aber seit er mit dir verheiratet ist, hat er keine Lust mehr, nach Hause zu kommen.«

Und der Schwiegervater brüllte fast, als er sagte: »Du bist daran schuld, dass Guiqing es draußen mit anderen Weibern treibt, obwohl er zu Hause eine Frau sitzen hat. Wenn du dich besser um ihn kümmern und ihn als Mann satt machen würdest, hätte er gar keine Kraft mehr, draußen Unfug anzustellen. Das ist alles deine Schuld!«

Yingzhi fühlte Beklemmung. Zorn, gemischt mit Bitterkeit, stieg in ihr hoch. Sie dachte daran, dass sie draußen Tag für Tag mühevoll ihr Geld verdiente, oft in aller Herrgottsfrühe aus dem Haus ging und spätabends heimkehrte. Manchmal hatte sie nicht einmal Zeit zu frühstücken, und wenn sie spätabends nach Hause kam, musste sie sich mit den kümmerlichen Resten des Abendessens begnügen. Er dagegen schlug sich den Bauch voll, ohne einen Finger zu rühren, und faulenzte im Haus herum. Dass er dauernd spielte und soff, war schlimm genug, aber jetzt hatte er sie auch noch hintergangen. Er hatte es draußen mit diesen schmutzigen Weibern getrieben. Was für einen Sinn hatte eine Ehe, in der sich der Mann derart schamlos benahm? Bei diesen Gedanken brach sich der gesamte in ihr aufgestaute Kummer Bahn, und ungewollt begann sie lauthals zu heulen. Sie schluchzte hemmungslos. Sie wollte weder weiter mit den Schwiegereltern streiten noch die Schwägerin weiter ausfragen, und noch weniger hatte sie Lust, aufs Polizeirevier zu gehen, um Näheres zu erfahren. Es kam ihr gar nicht in den Sinn, Beziehungen zu mobilisieren, um Guiqing freizubekommen. Kurzum, in ihrem Kopf machte sich eine große Leere breit. Heulend ging sie in ihr Zimmer, warf sich aufs Bett und wäre am liebsten auf der Stelle gestorben.

Am Mittag des folgenden Tages kam Guiqing zurück. Er wirkte niedergeschlagen, seine Miene war wie eingefroren, der sonst so arrogante Ausdruck auf seinem Gesicht wie ausradiert. Seinem Gefühl nach hatte er die schlimmste Nacht seines Lebens verbracht. Eigentlich hatten sie in der Karaoke-Bar nur gesungen und gealbert, aber dann wollten Heipang und ein paar andere ein Fräulein haben. Er hatte Angst, dass Yingzhi sich ihm verweigern würde, wenn sie davon erfuhr, und beteiligte sich nicht, sondern setzte sich abseits und sang weiter. Unerwartet tauchte die Polizei auf und verfrachtete alle zusammen aufs Polizeirevier. Eine ganze Nacht hindurch wurde er verhört und angeschrien, beschimpft und geschlagen, es war eine menschenunwürdige Behandlung. Kurz vor Tagesanbruch waren die Umstände schließlich geklärt, es lag nichts Schwerwiegendes gegen ihn vor, und er wurde freigelassen. Guiqing fand, ihm sei noch nie in seinem Leben so übel mitgespielt worden.

Seine Eltern empfingen ihn freudestrahlend, brachten ihm Wasser zum Waschen, versorgten ihn mit Tee und gaben ihm zu essen, so als wäre er ruhmreich aus der Ferne heimgekehrt. Yingzhi, die eine Nacht lang kein Auge zugetan hatte, lauschte auf die Geräusche im Wohnzimmer, sie verstand, dass Guiqing zurückgekehrt war. Sie hasste ihn aus tiefstem Herzen und war zugleich insgeheim erleichtert.

Guiqing fuhr sich mit dem Waschlappen übers Gesicht, er war nicht in der Stimmung, mit seinen Eltern zu reden, er fragte nur mit gesenktem Kopf: »Und Yingzhi?«

»Hat die ganze Nacht herumgetobt, ich und Mutter konnten kaum schlafen«, sagte sein Vater.

»Ich muss ihr sagen, wie es wirklich gewesen ist«, sagte Guiqing.

»Wegen so einer Kleinigkeit! Hat sich eine Nacht lang die Kehle heiser geschrien, hatte nur im Kopf, wie sehr man sie gekränkt hat, anstatt alles dranzusetzen, dass sie ihren Kerl schleunigst wieder freikriegt. Was willst du mit so einer reden?«, erklärte die Mutter.

Guiqing wurde ärgerlich und sagte missmutig: »Sie ist meine Frau, mit wem soll ich reden, wenn nicht mit ihr?«

»Na, früher hatten die Männer doch alle drei Frauen und sechs Konkubinen. Heute redet man von der neuen Gesellschaft. Aber was ist schon groß dabei, wenn ein Mann mal an verbotenen Früchten nascht? Deswegen braucht man doch nicht eine ganze Nacht durchzuheulen!«

»Jetzt haltet gefälligst mal die Klappe. Ich habe an keiner verbotenen Frucht genascht.«

»Da war gar nichts?«, fragte sein Vater. »Und warum hat dich die Polizei dann einkassiert?«

»Die andern haben es mit dem Fräulein getrieben, ich hab nur danebengesessen und gesungen. Aber verhaftet haben sie natürlich uns alle.«

Seine Mutter schrie sofort auf: »Hast du das gehört? Mein Sohn ist vollkommen unschuldig. Was soll das Geheule von einer, die zum eigenen Mann kein Vertrauen hat?«

Yingzhi verstand jedes Wort, das im Nebenzimmer gesprochen wurde. Der Tonfall, in dem Guiqings Eltern redeten, machte sie rasend, sie biss die Zähne zusammen, dass es knirschte. In ihrem Zorn warf sie sich Kleidung über und ging ungekämmt aus dem Zimmer, die Haare klebten ihr im Gesicht, ihre Augen waren rot angeschwollen und sahen aus wie überreife Pfirsiche. Über Nacht war aus der hübschen, koketten Yingzhi eine andere Person geworden. Guiqing fühlte unwillkürlich einen Stich im Herzen. Wie auch immer, er war nicht ganz unschuldig, dachte er bei sich. Wie auch immer, Yingzhis Tränen waren für ihn vergossen worden.

Ohne ihn eines Blickes zu würdigen, schoss sie auf ihre Schwiegermutter zu und schrie sie an, wobei sich ihre Stimme vor Ärger überschlug: »Mir war eben zum Heulen zumute, was ist falsch daran? Du würdest wohl Liebeslieder singen und seine Tüchtigkeit preisen, wenn dein Kerl es mit fremden Weibern treibt?«

Von Yingzhi derart angeschrien zu werden, jagte der Schwiegermutter einen Schreck ein, sie stand einen Moment sprachlos und mit weit aufgerissenen Augen da. Doch es dauerte nicht lang, bis sie zu sich kam und mit kreidebleichem Gesicht auf ihren Oberschenkel schlug: »Habt ihr das gehört, ist das eine Art, mit seiner Schwiegermutter zu reden? Was du da meinen Kerl nennst, das ist dein Schwiegervater. Hast du das gehört, Sohn? Tag für Tag benimmt sie sich uns gegenüber so unverschämt. Scheut sich nicht, vor deinen Augen deine Eltern zu beschimpfen.«

»Dann setz ich noch was drauf«, sagte Yingzhi. »Willst du mit deinem Geschrei sagen, dass es mir verboten ist, zu weinen, wenn mein Mann ins Bordell geht?«

Guiqings Vater zitterte vor Wut, auch seine Stimme überschlug sich. Er deutete mit ausgestrecktem Zeigefinger auf Guiqings Nase* und sagte: »Wann gibst du dem üblen Weibsstück endlich was aufs Maul?«

Mit einem großen Schritt baute sich Yingzhi vor Guiqing auf und schrie ihn erhobenen Hauptes an: »Schlag zu, schlag nur zu! Draußen treibst du es mit den Huren, und zu Hause verprügelst du deine Frau, das nenn ich Schneid.«

Ihre durchheulte Nacht und die rot geschwollenen Augen hatten bei Guiqing ursprünglich ein gewisses Mitgefühl ausgelöst. Neben der Wut, die sich während der Nacht in ihm angestaut hatte, spürte er leise Gewissensbisse wegen seines Verhaltens. Er hatte vorgehabt, Yingzhi nach seiner Rückkehr nett zu behandeln und sie zu trösten. Aber angesichts ihres zügellosen Tobens lösten sich Mitgefühl, Gewissensbisse und die Absicht zu trösten in Luft auf. Verflucht noch mal, mir bleibt wohl nichts anderes übrig, als diesem Weibsstück eine Lektion zu verpassen, schoss es ihm durch den Kopf. Versetzt wegen so einem Fliegenschiss das gesamte Haus in Aufruhr, schlimmer als ein Erdbeben. Was sie wohl macht, wenn was wirklich Ernsthaftes passiert? Meine Eltern umbringen? Er holte aus und verpasste der wutschnaubend vor ihm stehenden Yingzhi eine derart schallende Ohrfeige, dass sie ein paar Schritte zurücktaumelte und sich starr vor Schreck das Gesicht hielt. Reglos starrte sie Guiqing einige Minuten lang an, mit einem Blick, in dem sich Erstaunen und Zweifel mischten.

Als sie aus ihrer Starre erwachte, spürte sie in sich eine Mischung aus Trauer und Wut aufsteigen. Wie eine Löwin

* In China eine extrem unhöfliche und beleidigende Geste.

stürzte sie sich schimpfend und brüllend mit ausgestreckten Krallen auf Guiqing. Der war darauf nicht vorbereitet, konnte nicht rechtzeitig ausweichen, und auf seinem Gesicht erschienen auf einen Schlag drei tiefrote Striemen. Während er mit der einen Hand Yingzhi abwehrte, wischte er sich mit der anderen übers Gesicht. Das aus seiner Wange hervorsickernde Blut klebte an seiner Handfläche. Als er das Blut sah, schoss maßlose Wut in ihm auf, als habe man ein Streichholz an einen Kanister Benzin gehalten. Er packte Yingzhi mit beiden Händen und versetzte ihr mit dem rechten Bein einen Tritt in den Unterleib. Yingzhi schrie laut auf, ließ die Arme fallen, presste die Hände gegen ihren Bauch und krümmte sich. Guiqings Wut wurde durch Yingzhis Schmerzensschreie nicht gemildert, er holte ein weiteres Mal aus und trat ihr in den Hintern. Yingzhi fiel der Länge nach auf den Boden, sie hatte keinerlei Widerstandskraft mehr. Fluchend prügelte und trat Guiqing weiter auf sie ein: »Du traust dich, mich anzufassen? Glaubst du, du bist bei der Polizei? Kannst mich behandeln wie ein Stück Vieh? Ich schlag dich zu Brei! Wollen wir doch mal sehen, ob du dich traust, in diesem Haus dein Maul aufzureißen!«

Yingzhi wälzte sich schreiend auf dem Fußboden hin und her, zu schimpfen wagte sie aber nicht mehr. Sie befanden sich in der guten Stube. An der Wand hing ein Porträt des Großen Führers*, darauf befanden sich fünf mit Pinsel und Tusche von Yingzhis Schwiegervater eigenhändig geschriebene große Schriftzeichen: »Ehre und Gehorsam dem Himmel und der Erde, dem Herrscher, deinen Eltern und deinem Meister«**. Unter dem Porträt stand ein viereckiger dunkelbraun la-

* Mao Zedong.

** Zitat aus den »Guoyu« (国语) des Zuo Qiuming (左丘明, 502–422 v. Chr.), Zeitgenosse und Freund des Konfuzius. Der Spruch wurde zu einem Lehrsatz der konfuzianischen Soziallehre.

ckierter Tisch. Der Lack war bereits weitgehend abgeblättert. Yingzhis Schwiegereltern saßen jeweils an einer Schmalseite des Tisches und sahen ungerührt zu, wie sich Yingzhi auf dem Boden wälzte und vor Schmerzen schrie.

9. Kapitel

Noch am selben Tag, an dem sie verprügelt worden war, kehrte Yingzhi deprimiert und wütend in ihr Elternhaus zurück. Es war gerade die Zeit, wo die Feldarbeit ruhte, es gab nichts zu tun, nur Yingzhis Vater hütete den Laden. Yingzhis Brüder saßen mit den Schwägerinnen rund um den Tisch und spielten Mahjong. Ihre Mutter fütterte im Hof das Schwein. Mit heiserer Stimme fragte sie Yingzhi, warum sie plötzlich auf die Idee gekommen sei, nach Hause zurückzukehren, es sei doch weder Neujahr noch sonst ein Feiertag. Und warum sie Qianhuo nicht mitgebracht habe. Yingzhi schämte sich zu gestehen, dass sie geschlagen worden war. Was würden die anderen von ihr denken? Sie stotterte, sie sei hergekommen, weil es ihr im Alter-Tempel-Dorf langweilig gewesen sei und sie Sehnsucht nach Mama und Papa gehabt hätte. Yingzhis Schwägerin stieß scheppernd die Mahjong-Steine um und bemerkte lachend: »Oha, wer hätte gedacht, dass Yingzhi eine so brave Tochter ist.« Es sollte nur eine witzige Bemerkung sein, ohne jeden Hintergedanken, aber in Yingzhis Ohren klang es höchst unangenehm.

Beim Abendessen wollte die Schwägerin Yingzhi überreden, sich am Mahjong-Spiel zu beteiligen, aber Yingzhi stand nicht der Sinn danach, und sie lehnte unter einem Vorwand ab. Beim Verlassen des Hauses fühlte sie sich ein wenig verloren und streunte allein durchs Dorf, um auf andere Gedanken zu kommen. Hin und wieder rief ihr jemand einen Gruß zu. Ein paar Kinder liefen ihr singend nach, wobei sie Yingzhis Stimme imitierten. Die Hunde in der Nachbarschaft bellten laut, wenn sie vorbeikam, sie erkannten sie offenbar nicht. Alles um sie herum gab Yingzhi ein heimatliches Gefühl, das Alter-Tempel-Dorf hingegen erschien ihr mehr und mehr als Hölle. Warum nur habe ich in dieses Teufelskaff geheiratet, dachte sie.

Ohne Absicht kam sie an San Huos Haus vorbei. Es war zweistöckig und das schönste im Dorf. Aber das Wunderbarste daran war, dass es in jedem Stockwerk eine Toilette gab. Die Dorfbewohner hatten sich zu Beginn das Maul darüber zerrissen und San Huo ausgelacht. So viel Fläche und Geld für die Einrichtung von Klos auszugeben! Sein Geschäft konnte man schließlich auf jeder Matte* erledigen, die man irgendwo ausbreitete und mit ein paar Holzbrettern einzäunte. »Ihr versteht einen feuchten Kehricht davon!«, sagte San Huo.

Yingzhi begriff, dass nur San Huo über so viel Einsicht und Lebensart verfügte, nur er verstand, dass das Leben zu kurz war, um es nicht so angenehm wie möglich zu gestalten. Er sorgte dafür, dass seine ganze Familie erhobenen Hauptes und zugleich entspannt und sorglos leben konnte. Guiqing war zwar wie San Huo ein Mann, aber er konnte ihm niemals das Wasser reichen. Zu schade.

Aus den oberen Stockwerken drang San Huos Lachen, er alberte mit seinem Kind herum. Ein offenes und herzliches

* Die Exkremente wurden als Dünger verwendet.

Lachen, ohne den Schatten eines Kummers. Yingzhi blickte nach oben, aus den Fenstern des Obergeschosses strahlte das Licht der Lampen, weiß und hell stach es in der Dunkelheit besonders in die Augen. Als hätte das Lampenlicht ihr eine Erleuchtung eingegeben, schoss es ihr plötzlich in den Kopf, dass sie auch als Frau nur genug Geld verdienen müsse, um dasselbe zu schaffen wie San Huo. Warum soll ich es mir antun, mit den Schwiegereltern zusammenzuwohnen und ihre Schikanen zu ertragen? Ich muss nur genug Geld verdienen, dann kann ich mir selbst ein Haus bauen, so eins wie San Huo. Es heißt zwar, der Hausbau sei Männersache, aber warum soll eine Frau, die was auf dem Kasten hat, nicht selbst eins bauen können? Ich kann monatlich ein paar Hundert Kuai verdienen, pro Jahr macht das ein paar Tausend. In zwei Jahren habe ich genug verdient, um ein Haus zu bauen. Es muss kein zweistöckiges sein, ein Stockwerk genügt. Mein Zimmer wird im Obergeschoss liegen, ich gucke dann von oben auf ihren Hof hinunter, und es wird mir egal sein, wenn sie auf mich schimpfen und gegen mich intrigieren. Und wenn mir danach ist, spucke ich auf sie. Das wird ein tolles Gefühl sein.

Yingzhi war aufgewühlt von ihrem plötzlichen Einfall. Die ganze Nacht hindurch stand ihr das Bild des neuen Hauses vor Augen. Alle vorstellbaren schönen Häuser sah sie vor sich. Sie erkannte, dass das neue Haus ihr ganzes Leben verändern würde. Ihre Aufregung hielt an, bis der Morgen dämmerte. Amüsier du dich nur beim Spielen, dachte sie, faulenze, so viel du willst, mach, was dir in den Kram passt, ich werde es euch schon zeigen. Ich, eine Frau, eine Ehefrau, eine Schwiegertochter, kann mir selbst ein Haus bauen. Und mit diesem Haus will ich euch auslachen und vor Wut verrecken lassen.

Als sie gerade beim Frühstück saß, kam Guiqing angeradelt, um sie abzuholen. Vollständig in Gedanken an ihr neues

Haus versunken waren die Gefühle von Kränkung und Wut vom Vortag nahezu verraucht. Guiqing atmete insgeheim auf. Er bemerkte, dass Yingzhi besser gelaunt war als erwartet. Er hatte sich darauf vorbereitet, sich mit einem Lächeln im Gesicht bei Yingzhi zu entschuldigen, aber er hatte den Mund noch nicht aufgetan, als sie ihm heftig zuzwinkerte und mit den Augenbrauen zuckte. Er begriff sofort, dass sie der Familie mit keinem Wort verraten hatte, dass er sie geschlagen hatte. Mit einem Wimpernschlag war all seine Besorgnis verflogen. Er setzte sein übliches durchtriebenes Grinsen auf und sagte: »Hast du dich gut amüsiert? Ich bin gekommen, um dich nach Hause zu holen.«

Lachend bemerkte Yingzhis Schwägerin: »He, Guiqing, du bist ja wie ein Gong, den man deiner Frau ans Bein gebunden hat. Gerade mal einen Tag ist unsere Yingzhi zurück, und schon donnerst du ihr hinterher.«

Kichernd antwortete Guiqing: »Ist doch kein Wunder bei so einem Taugenichts wie mir. Wir sind bei jeder Kleinigkeit auf sie angewiesen. Ohne sie würde ich wie ein Vieh leben.« Die gesamte Familie lachte, und in diesem Gelächter schwang hörbar Stolz auf die Tochter der eigenen Familie mit. Yingzhi, die noch frühstückte, sagte kein Wort. Sie verabschiedete sich hastig von ihren Eltern und kehrte mit Guiqing nach Hause zurück.

Während sie hinter ihm auf dem Gepäckträger saß, fiel kein Wort zwischen ihnen. Als sie die Stelle am Flussufer erreichten, wo sie ihr erstes Rendezvous gehabt hatten, sprang Yingzhi ab und setzte sich mit allen Anzeichen des Zorns ins Gras. Guiqing war sich im Klaren, dass nun ein Wutausbruch folgen würde. Er stieg daher selbst hastig vom Rad, näherte sich ihr vorsichtig und sagte mit unterwürfiger Miene: »Yingzhi, sei bitte nicht sauer. Ich war an dem Tag miserabler Laune. Die Sache mit dem Fräulein war Youjies und Heipangs Angelegenheit, es hatte mit mir nichts zu tun. Man hat mir übel mitgespielt und mich die ganze Nacht auf dem Revier festgehalten. Ich habe genug ausstehen müssen. Ich bin nach Hause gekommen und wollte mich einfach ausschlafen, aber du hast dich meinen Eltern gegenüber derart aufgeführt, dass mich die Wut gepackt hat und die Pferde mit mir durchgegangen sind. Sonst hätte ich dich niemals geschlagen. Hab ich jemals zuvor so was getan? Heute darfst du's mir zurückzahlen, gut? Ich schwöre, dass ich dir kein Haar krümme.«

Als Yingzhi ihn so daherreden hörte, kamen all der Groll und die Kränkungen wieder in ihr hoch, und gegen ihren Willen begann sie zu weinen. Guiqing bat sie ein ums andere Mal um Verzeihung, Yingzhi weinte weiter, ohne ein Wort von sich zu geben. Guiqing spürte, dass seine Worte vergeblich waren. Er verstummte und saß bedrückt neben ihr, kaute auf einem Grashalm und starrte mit leerem Blick in die Weite.

Schließlich hatte sich Yingzhi ausgeweint. Ihr war klar, dass weitere Tränen keine Lösung waren. Sie wischte sich die Augen und sagte: »Wenn ich dir verzeihen soll, habe ich nur eine Bedingung: Ich will nicht mehr mit deinen Eltern zusammenleben.«

Guiqing erschrak: »Wo sollen wir denn wohnen, wenn nicht bei ihnen? Ich kann als Schwiegersohn doch nicht bei euch einziehen.«

»Wir bauen uns ein eigenes Haus und leben dort unser eigenes Leben.«

»Wir?«, fragte Guiqing erstaunt. »Wie sollen wir uns denn ein eigenes Haus leisten?«

»Ich weiß, dass es neben eurem alten Haus noch ein Stück Land gibt, gerade passend für einen Hausbau. Wenn wir beide an einem Strang ziehen, uns anstrengen, Geld zu verdienen, und du dazu noch etwas von deinen Eltern verlangst, dann können wir uns in einem Jahr ein Haus bauen. Wir sind schließlich erwachsen, wir brauchen ein eigenes Haus. Außerdem, es bringt doch nichts, dass du dich den ganzen Tag nutzlos herumtreibst. Dabei kommen nur Geschichten heraus, für die du dich überall schämen musst. Wozu das alles? Besser, du suchst dir Arbeit und verdienst ein bisschen Geld.«

Eifrig antwortete Guiqing: »Geld verdienen ist machbar. Ein Freund von mir renoviert mit anderen zusammen in der Kreisstadt Häuser, das Geschäft läuft nicht schlecht. Noch vor zwei Tagen hat er nach mir geschickt, damit ich bei ihm aushelfe. Ich kann mich morgen auf den Weg machen. Aber warum müssen wir unbedingt ein Haus bauen? Es gibt genug Zimmer bei uns, da hätten noch ein paar zusätzliche Schwiegertöchter Platz, warum sollen wir Geld für ein Haus rauswerfen? Und wo gibt's das denn, dass ein Sohn und seine Frau nicht bei den Eltern wohnen?«

»Mit dir ist wirklich nichts anzufangen. Was ist schlecht daran, auf eigenen Füßen zu stehen?«

»Das bedeutet eine getrennte Familie. Wir werden zum Gespött der Leute im Dorf, und meine Eltern werden nicht mitmachen.«

Yingzhi wurde ärgerlich: »Willst du dein Leben mit deinen Eltern verbringen oder mit mir?«

»Sie sind alt, und ich bin der einzige Sohn. Wenn sie tot sind, können wir doch in dem jetzigen Haus wohnen. Warum sollen wir uns die Beine ausreißen, um zu bauen? Lohnt sich doch nicht, wenn man's sich recht überlegt.«

Yingzhi gab ein kaltes Lachen von sich: »Kregel wie die sind, leben die wahrscheinlich noch, wenn ich gestorben bin. Machen wir's kurz: Bist du dabei oder nicht? Wenn nicht, lassen wir uns scheiden.«

Darauf war Guiqing nicht vorbereitet, er erschrak: »Jag mir bloß keinen Schrecken ein. Das darfst du Qianhuo nicht antun, dass aus ihm ein Junge wird, der ohne Mutterliebe aufwächst. Und außerdem, willst du mich denn zwingen, mich draußen mit verkommenen Weibern abzugeben, wenn ich nachts niemanden mehr habe, der mit mir in einem Bett liegt?« Bei diesen Worten setzte Guiqing sein freches Grinsen auf und streckte die Arme aus, um sie zu umarmen.

Yingzhi schob ihn von sich: »Nur wenn du mir das versprichst, bin ich bereit, weiter in eurem Haus zu bleiben. Ein Jahr stehe ich noch durch, ich verkrieche mich in meinem Zimmer, auf diese Weise halte ich es aus.«

Seufzend sagte Guiqing: »Klingt, als wärst du kurz davor, abzukratzen. Na schön, also gut, machen wir's so. Du liegst dir mit meinen Eltern sowieso dauernd in den Haaren, ihr passt einfach nicht zusammen. Wenn wir zu Hause sind, rede ich mit ihnen. Zufrieden?«

Yingzhi schwieg. Wenn er sich daran hält, bin ich zufrieden, dachte sie.

Die Angelegenheit ging glatter über die Bühne, als es Yingzhi erwartet hatte. Dazu trug jedoch vor allem Guiqings geöltes Mundwerk bei. Seinen Eltern erzählte er, er würde, wenn sie ein Haus bauten, Arbeit suchen und zusätzliches Geld verdienen, er hätte dann so etwas wie ein Lebensziel. Ohne Hausbau würde er weiter mit Youjie und Heipang herumhängen, und im schlimmsten Fall würde es irgendwann wieder auf dem Polizeirevier enden.

Yingzhis Schwiegereltern reagierten zunächst mit versteinerten Mienen auf den Plan, ein weiteres Haus zu bauen, und anschließend mit Geschrei und Beschimpfungen. Beide, der eine in der guten Stube, die andere in der Küche, fielen mit harten Worten über Guiqing her. Ihnen war klar, dass Yingzhi die Urheberin dieser Idee war. Obwohl sie den Anblick der Schwiegertochter nicht ertrugen, verweigerten sie die Zustimmung. Insgeheim verständigten sie sich, dass sie dieser schamlosen Person keinen noch so kleinen Gefallen tun würden.

Aber die Gründe, die Guiqing anführte, brachten sie zum Nachdenken. Die Sache mit der Verhaftung hatte ihnen einen gehörigen Schrecken eingejagt. Youjie, Heipang und Glatzkopf hatten von ihren Angehörigen abgeholt und nach Hause transportiert werden müssen, jeder von den dreien hatte anschließend drei Tage das Bett nicht verlassen können. Als sie endlich wieder auftauchten, zitterten ihre Stimmen noch immer, wenn sie davon erzählten, wie brutal sie auf dem Polizeirevier zusammengeschlagen worden waren. Guiqing war glimpflich davongekommen, nach seiner Darstellung, weil er keine fremde Frau hatte anrühren wollen. Youjie und die anderen dagegen behaupteten, er sei einfach noch nicht an der Reihe gewesen, als die Polizei erschien. Wenn sich so ein Vorfall wiederholte, stand zu befürchten, dass er von den erhaltenen Schlägen dauerhaften Schaden davontragen würde. Angesichts dieser Überlegung schien es ihnen doch besser, wenn Guiqing sich draußen Arbeit suchte. Da das neue Haus neben dem ihren errichtet werden sollte, würde es nicht nach einer Trennung aussehen.

Nach einigem Hin und Her ließen sich die Schwiegereltern auf Guiqings Forderung ein. Sie stellten allerdings zwei Bedingungen: Erstens, in der Mauer zwischen den beiden Höfen müsse es eine Verbindungstür geben, sodass Guiqing und Qianhuo ohne Schwierigkeiten hin- und herpendeln konnten, und zweitens, Guiqing und Yingzhi müssten das Haus selbst finanzieren.

Als Guiqing Yingzhi das Ergebnis seines Gesprächs mit den Eltern überbrachte, war sie mit der ersten Bedingung sofort einverstanden, da sie auch ihr entgegenkam. Bei der zweiten verfinsterte sich ihre Miene, und sie machte ein paar unflätige Bemerkungen über ihre Schwiegereltern. »Hör zu, Yingzhi«, erwiderte Guiqing, »wenn du so über meine Eltern redest, ist es, als würdest du mich beschimpfen. Bist du bereit anzunehmen, was sie gesagt haben? Wenn nicht, gehe ich zu ihnen und sage, die Sache hat sich erledigt. Ich will sowieso kein Haus bauen.«

Yingzhi biss die Zähne zusammen und überlegte eine Weile. Es lag ihr auf der Zunge, Guiqing zu beschimpfen. Aber sie änderte ihre Absicht, sie spürte, wie isoliert und auf sich allein gestellt sie hier war, sie war in jeder Hinsicht von Guiqing abhängig. Wenn sie es sich mit ihm völlig verdarb, würde sie schweren Zeiten entgegengehen. Besser, sie hielt sich zurück. Sie benötigte geraume Zeit und einiges an Kraft, um ihre Wut zurückzuhalten, und sagte schließlich: »Na gut, sie wollen kein Geld rausrücken, dann muss ich es eben selbst verdienen. Ich schaffe es, das Geld für das Haus zu verdienen, darauf könnt ihr Gift nehmen.«

Beim Abendessen trug Yingzhi ihren Triumph offen zur Schau. Ihre Schwiegermutter kochte innerlich, als sie es bemerkte. Während des Essens ließ sie fallen, sie mache das alles nur für ihren Jungen. Wäre es nicht für ihn, würde sie das Grundstück für den Bau eines neuen Hauses nie und nimmer hergeben. Sie erhob dabei absichtlich ihre Stimme, um deutlich zu machen, dass ihre Bemerkung auf Yingzhi gemünzt war. Yingzhi grinste in sich hinein. Bei sich dachte sie: Rede nur. Für wen du es tust, ist mir piepegal, Hauptsache, wir bekommen das Grundstück.

10. Kapitel

Guiqing machte sich tatsächlich am folgenden Tag in die Kreisstadt auf. Als er ein paar Tage später auf Besuch nach Hause zurückkehrte, klagte er über den jämmerlichen Lohn und die übermäßige Anstrengung. Eilig legte ihm seine Mutter nahe, er solle sich ein paar Tage ausruhen. Guiqing nutzte die Gelegenheit, die Nacht zu Hause zu verbringen. Er begab sich zunächst ins Dorf, um dort den Abend beim Kartenspiel zu verbringen. Bei seiner Rückkehr gegen drei Uhr nachts fiel er über Yingzhi her und verausgabte sich nach Kräften. Als er völlig erschöpft einschlief, dämmerte draußen bereits der Morgen. Also verlängerte er seinen Aufenthalt um einen weiteren Tag. Als Yingzhi ihn am dritten Tag frühmorgens weckte, streckte er ein paarmal auf dem Bett liegend seine Glieder und machte keine Anstalten aufzustehen. Yingzhi redete auf ihn ein und war kurz vor einem Wutanfall, als er endlich mühsam und kraftlos aus dem Bett kroch, wobei er vor sich hin murmelte: »Geld verdient man für ein angenehmes Leben in der Zukunft, kein Geld zu verdienen, bedeutet ein gemütliches Leben jetzt und heute. So und so geht es darum, angenehm zu leben, warum soll ich es mir nicht gleich gemütlich machen?« Yingzhi schnaubte verächtlich und fragte sich, wie eine Person von über zwanzig ein solcher Kindskopf sein konnte.

Unter Aufbietung all ihrer Geduld und Überredungskünste schaffte es Yingzhi, ihn endlich aus dem Haus zu kriegen. Widerwillig und verdrossen machte er sich auf den Weg. Seine Mutter hingegen sah ihn ungern ziehen, beim Frühstück äußerte sie mehrfach, wenn er nicht gehen wolle, solle er einfach hierbleiben, es zwinge ihn doch keiner. Guiqing warf Yingzhi einige Male Blicke zu, aber er ging nicht auf das Gerede seiner Mutter ein. Als er das Haus verließ, lehnte die Mutter im Türrahmen und sah ihm kummervoll nach. Yingzhi spürte bei dem Anblick ein Triumphgefühl, als hätte sie eine Schlacht gewonnen. Bei sich dachte sie: Dein Sohn hat sich nun mal eine Frau ins Haus geholt, jetzt ist Schluss damit, dass er immer nur auf dich hört.

Doch noch bevor das Abendessen auf dem Tisch stand, kehrte Guiqing zurück. Sein Arm war dick mit weißer Gaze umwickelt, sein Gesicht glänzte dagegen dunkelrot. Was passiert sei, fragte ihn Yingzhi beunruhigt. Beim Kacheln einer Wand, erzählte Guiqing, habe ein Kollege neben ihm eine Wandkachel in zwei Hälften geschnitten und sie ihm gereicht, er habe es nicht bemerkt, und bei einer zufälligen Armbewegung habe die Kachel seinen Arm von der Schulter abwärts aufgeschlitzt und ihm eine klaffende Wunde gerissen. »Das Blut ist nur so gespritzt und in Strömen den Arm runtergelaufen.«

Guiqing neigte zu Übertreibungen, und Yingzhi war sich sicher, dass die Verwundung, wie unangenehm sie auch sein mochte, weniger dramatisch war, als er sie darstellte. Sie verzog den Mund, um zu zeigen, dass sie der Sache kein so großes Gewicht beimaß. Ihre Schwiegermutter dagegen schrie sofort entsetzt auf: »Mein Sohn, ein schrecklicher Blutverlust, man muss doch was unternehmen! Yingzhi, was stehst du hier herum, anstatt deinen Mann zu stützen, er soll sich aufs Bett legen und ausruhen. Und dann gehst du schleunigst ins Dorf und besorgst etwas Schweineblut zur Stärkung. Ist der Knochen verletzt? Yingzhi, besorg außerdem ein paar Schienen für den Arm! Wieso bist du noch hier?«

Nichts hasste Yingzhi mehr als dieses Gebaren ihrer Schwiegermutter. Sie rührte sich nicht von der Stelle, sondern warf ihr einen verächtlichen Blick zu. Dann wandte sie sich zu Guiqing und sagte: »Deine Mutter tut, als wärest du in Lebensgefahr.«

»Sie sorgt sich um mich«, antwortete Guiqing. »Du dagegen zuckst mit keiner Wimper, wenn dein Mann verletzt ist.«

»Mach mir doch nichts vor«, antwortete sie. »Glaubst du, ich weiß nicht, was für eine Verletzung das ist? Ein kleiner Ritz, ein paar Tropfen Blut, am Essen, Trinken, Pissen und Scheißen wird es dich nicht hindern. Ungefähr so, wie wenn ich mir beim Annähen von Knöpfen in den Finger steche.«

Damit versetzte sie Guiqing in Rage: »Du meinst wohl, ich mache euch was vor, um mich vor der Arbeit zu drücken?«

Was denn sonst!, dachte Yingzhi. Mit einem kühlen Lachen sagte sie: »Das hast du gesagt, nicht ich.«

Wütend antwortete Guiqing: »Gesagt hast du es nicht, aber glaubst du, ich wüsste nicht, was eine Giftspritze wie du denkt?«

Yingzhis Schwiegervater hatte bisher geschwiegen, jetzt sagte er zu Yingzhi: »Dein Mann ist schwer verletzt, und du ziehst eine Flappe und zankst dich mit ihm herum. Wieso bist du immer noch nicht unterwegs, um einzukaufen? Besorge gefälligst alles, was dir deine Schwiegermutter aufgetragen hat!«

Sein Tonfall machte sie wütend. Sie antwortete nicht und sagte sich: Ich gehe nicht, und wenn du dich auf den Kopf stellst. Schweineblut und Knochen kaufen, und wer bezahlt? Keinen Fen hat er bisher nach Hause gebracht, schielt immer nur nach meinem Geldbeutel. Das könnte ihm so passen. Bei diesem Gedanken schnaubte sie hörbar, drehte sich wortlos um und ging in ihr Zimmer. Dort legte sie sich aufs Bett und summte absichtlich eine Schlagermelodie.

Das Lied war noch nicht zu Ende gesummt, als Guiqing plötzlich ins Zimmer gestürzt kam, in der Hand einen Ledergürtel. Er gab, wie Yingzhi eben, ein Schnauben von sich, schwang, ohne ein Wort zu verlieren, den Gürtel und ließ ihn auf Yingzhi niedersausen. Yingzhi erstarrte unter dem Peitschenhieb, sie gab einen spitzen Schrei von sich. Sie wollte vom Bett aufstehen und mit Guiqing vernünftig reden, doch kaum hatte sie sich aufgerichtet, traf der Gürtel ihr Gesicht. Sie spürte einen stechenden Schmerz, und ihr Schreien verwandelte sich in ein wildes Geheul. Ohne sich im Geringsten darum zu kümmern, schlug er mit finsterer Miene weiter gnadenlos auf sie ein. Yingzhi vergrub ihr Gesicht im Kopfkissen, ihre Stimme klang hell und laut wie das schmerzerfüllte Quieken eines verwundeten Schweins. Gepeinigt von Schmerz und Bitterkeit hörte sie durch die offene Tür Qianhuos helles Lachen und die Stimme ihrer Schwiegermutter: »Qianhuo, braver Junge. Unser kleiner Qianhuo wird sich später einmal genau wie sein Papa von niemandem schikanieren lassen, er wird jedem eins in die Fresse geben, der versucht, ihn zu schikanieren.« Innerlich schrie Yingzhi: Irgendwann bringe ich euch alle um!

Guiqing hatte sich anscheinend müde geprügelt, er schmiss den Gürtel aufs Bett und sagte: »Ich verprügle dich so lange, bis du kapierst, wie man sich als Ehefrau dem Mann gegenüber benimmt.«

Damit verschwand er. Im Zimmer war es plötzlich still, Yingzhi hörte nur ihr eigenes Schluchzen. Sie weinte bis zur

Erschöpfung. Sie wollte aufstehen, aber wenn sie sich bewegte, schmerzte ihr ganzer Körper. Wieder schossen ihr die Tränen in die Augen. Je mehr sie nachdachte, desto mehr wuchs das Gefühl, sie müsste ersticken. Sie hatte sich Guiqing gegenüber nichts zuschulden kommen lassen, sie begriff nicht, warum er sie plötzlich derart misshandelte. Als sie den Kopf hob, sah sie das Hochzeitsfoto an der Wand. Sie war geschminkt, Guiqing schien von der Seite auf sie zu blicken, sein Mund war zu einem Lachen geöffnet, auf seinem Gesicht der Ausdruck überwältigenden Glücks. Und doch hatte dieser glückliche Mann sie eben fast zu Tode geprügelt. Was war nur mit den Männern los? Yingzhi empfand plötzlich ihr Schicksal als bitter, sehr bitter. Niemals zuvor war ihr das in den Sinn gekommen.

Guiqing spielte die ganze Nacht hindurch, und als er am nächsten Morgen zurückkam, befahl er Yingzhi, kaum hatte er das Haus betreten: »Bring mir eine Schüssel mit Wasser, ich will mir das Gesicht waschen.«

Yingzhi wollte mit ihm streiten, aber dann dachte sie an den Ledergürtel und an ihren noch immer schmerzenden, gemarterten Körper und unterdrückte den Impuls. Sie nahm eine Waschschüssel, ging damit in die Küche, schöpfte Wasser und kehrte zurück. Ihre Arme, ihre Oberschenkel, ihr Rücken waren übersät mit Spuren der Schläge, wann immer ihre Kleidung daran rieb, wollte sie vor Schmerzen aufschreien. Aber was hätte das geändert, also unterdrückte sie die Schreie.

Guiqing wusch sich das Gesicht, gab ein kräftiges Gähnen von sich und wies Yingzhi mit einer Geste an, das Wasser hinauszutragen und wegzuschütten. Dann warf er sich aufs Bett und sagte: »Das ist die einzige Art und Weise, dir beizubringen, wie du dich zu benehmen hast.«

Yingzhi gab keinen Ton von sich, aber bei sich dachte sie: Du kannst mich mal …!

Nachdem er sie verprügelt hatte, ging Guiqing nicht mehr zur Arbeit, und Yingzhi verlangte es auch nicht mehr. Er saß den ganzen Tag im Dorf am Spieltisch, gelegentlich half er seinem Vater einen oder zwei Tage auf der Obstplantage. Er machte sich ein lustiges Leben. Nachts bemühte er sich häufig um Yingzhi und bescherte ihr Freuden. Allerdings stellte sie auch keine Forderungen mehr an ihn. Ihr ganzes Denken und Trachten kreiste ausschließlich um die Frage, wie sie möglichst schnell zu ihrem Haus kam, wie sie möglichst bald das Haus der Schwiegereltern verlassen und ihr eigenes Leben führen konnte. Sie begab sich häufig in die Kreisstadt, betrachtete die fertigen Häuser anderer Leute und fertigte genaue Skizzen davon an. Sie besuchte mehrfach Ziegeleien, klopfte mit Hilfe von Bekannten bei den Direktoren an, in der Hoffnung, zu einem günstigeren Preis an Ziegel zu kommen. Auch ein Besuch in der Zementfabrik stand auf ihrer Agenda. Ein Mitschüler ihres zweiten Bruders war Transportarbeiter dort und versprach, ihr dabei behilflich zu sein, den Zement zum Fabrikabgabepreis zu bekommen. Sie klapperte sämtliche Fliesengeschäfte im Kreis ab, und nach langem Abwägen entschied sie sich für eines, das sowohl günstige als auch hübsche Kacheln im Sortiment hatte. Sie wusste, dass die Böden in San Huos Haus gefliest waren, und ihr Haus sollte ebenso schön werden wie das von San Huo. Und es sollte unbedingt Toiletten haben. Während sie Tag für Tag geschäftig umherlief, verließ sie nie der Gedanke, dass sie es, obwohl eine Frau, allen zeigen würde. Sie war in der Lage, ein eigenes Haus zu bauen. Sie verfolgte ein Lebensziel, neben dem alles, was die Schwiegereltern und Guiqing ihr antaten, bedeutungslos aussehen würde.

Ehe man sich's versah, rückte wieder das Neujahrsfest heran. Für die San-Huo-Band bedeutete das Hochsaison, aus irgendeinem Grund stieg die Zahl der Hochzeiten und Beerdigungen um diese Jahreszeit enorm an. Die Buchungen stapelten sich, nahezu für jeden zweiten Tag waren sie ausgebucht. San Huo ließ sich eine Telefonleitung ins Haus legen, das Telefon klingelte unaufhörlich, die Dorfbewohner, egal, ob sie nebenan oder weiter entfernt wohnten, gewöhnten sich an das Geräusch. Sobald sie das Telefon klingeln hörten, bemerkte irgendeiner von ihnen: »Schon wieder so ein dummes Schwein, das diesem Hundesohn San Huo sein Geld nachschmeißt.«

Für Yingzhi und die übrigen Mitglieder der Band konnte es dagegen nicht oft genug klingeln, für sie bedeutete es bares Geld. Ursprünglich hatte Yingzhi jede ihrer Einnahmen auf ihr Konto bei der Landwirtschaftsbank eingezahlt. Jetzt wo sich Auftritt an Auftritt reihte, hatte sie nicht einmal mehr Zeit, ihr Geld auf die Bank zu tragen. Daher nähte sie eine Tasche ins Futter ihrer Baumwolljacke und stopfte das Geld dort hinein. Gelegentlich beobachtete sie, ohne einen Mucks von sich zu geben, vom Bett aus, wie Guiqing ihre Taschen filzte. Mein Geld gehört mir, dachte sie dabei, Guiqing bekommt nichts davon. Sobald er Geld in die Finger bekam, wechselte es in die Hände anderer. Sobald er auch nur einen Kuai in der Tasche hatte, legte er ihn entweder in Schnaps und Zigaretten an oder verspielte ihn. Sie konnte nicht zulassen, dass er auf diese Weise das Geld verschleuderte. Geld musste mit Verstand ausgegeben werden. Zum Beispiel für ihr Haus.

Es hatte wieder angefangen zu schneien. Das Neujahrsfest stand vor der Tür. Eine gewisse Familie Liu im Dorf Yanhui, dem »Dorf der Rückkehr der Wildgänse«, hatte die San-Huo-Band angefordert. Der Sohn der Familie arbeitete als Wanderarbeiter in Kanton und verdiente nicht schlecht. Er war mit prallen Taschen nach Hause zurückgekehrt und hatte darauf bestanden, dass die San-Huo-Band dem gesamten Dorf eine besondere Show lieferte, es sollte hoch hergehen. Damit wollte er sich bei den Freunden im Dorf für die Fürsorge erkenntlich zeigen, die sie während seiner Abwesenheit seinen Eltern hatten zukommen lassen. Als er sich vor dem Auftritt mit San Huo, Yingzhi und den anderen Bandmitgliedern unterhielt, fragte er, sie kämen doch aus Fenghuangyuan, ob sie da nicht ein junges Mädel namens Chunhui kennen würden, die sei auch von dort. »Na klar kenne ich die«, sagte Yingzhi. »Ist mit mir zusammen in die Schule gegangen, eine, die gar nichts auf die Reihe kriegt.«

»Was, eine, die nichts auf die Reihe kriegt?«, fragte der junge Liu höchst erstaunt. »Wenn die nichts auf die Reihe kriegt, dann weiß ich nicht, wer überhaupt was auf die Reihe kriegt. Die kennt sich mit Computern aus. Eine große Firma hat sie sich ausgeguckt, noch bevor sie überhaupt mit der Uni fertig ist. In den Sommerferien fährt sie mit dem Auto in die Firma zur Arbeit, da fallen einem die Augen aus dem Kopf. Einmal haben ihre Bekannten im Dorf ein Festessen veranstaltet und sie dazu eingeladen. Und du glaubst es nicht, sie hat für alle bezahlt! Nach dem Essen bestand sie darauf und hat, ohne mit der Wimper zu zucken, über tausend Kuai hingeblättert und ruckzuck die ganze Rechnung beglichen.« Yingzhi riss vor Verblüffung Mund und Augen auf. Unvorstellbar, dass Chunhui, die sich nicht mal traute, nachts an der Straße entlangzulaufen, es so weit hatte bringen können. San Huo, der ihre Verblüffung bemerkte, sagte: »Das ist eine andere Kategorie, sie hat die Universität besucht, sie ist gebildet und fähig. Jeder hat eben sein eigenes Schicksal.«

Zum ersten Mal überkam Yingzhi das Gefühl, dass ein Universitätsbesuch vielleicht doch etwas für sich hatte.

Wegen des Schneefalls war die Veranstaltung in die alte Ahnenhalle der Liu-Familie verlegt worden. Darin befand sich eine Bühne, sie stammte aus der Zeit, als dort Lokalopern aufgeführt wurden. Hinter der Bühne war eine kleine Garderobe, wo sich die Operndarsteller schminken und umziehen konnten.

Weil die Band in einem geschlossenen Raum auftrat, klangen die Gesangsdarbietungen weit besser als im Freien. Yingzhi und Xiao Hong trugen beide schulterfreie Kleider mit tiefem Rückendekolleté, sie gaben sich mit ihren Darbietungen besondere Mühe und bekamen nach jedem Song Beifall. In der Ahnenhalle stand die Menge dicht gedrängt, die Luft im Raum war feucht und erhitzt. Aber es war schließlich Winter, und jedes Mal, wenn Yingzhi und Xiao Hong von der Bühne abtraten, überfiel sie die eisige Kälte. Daher hatte man in der Garderobe dahinter ein Kohlenfeuer entzündet. Yingzhi und Xiao Hong stürzten nach jedem Abgang eilig dorthin, um sich aufzuwärmen.

Etwa zur Halbzeit ihres Auftritts heizte sich die Stimmung im vollgepackten Saal auf. Es war Winter, die Feldarbeit ruhte, und die zurückgekehrten Wanderarbeiter waren den ganzen Tag untätig. Eine derartige Party war eine seltene Gelegenheit. Die Wanderarbeiter hatten im Süden eine freizügigere Atmosphäre kennengelernt, sie fanden die Form der Gesangsdarbietungen altmodisch und dröge und begannen, ihren Unmut zu äußern. Den Anfang machte der Sohn der Familie Liu: »Habt ihr nicht ein bisschen zu viel an?«, fragte er. Er hatte nicht übermäßig laut gesprochen, aber die Wirkung war wie ein Donnerhall. Von allen Seiten ertönten Zurufe, und das Gewirr der Stimmen floss zu einem einfachen Wort zusammen: »Ausziehen! Ausziehen!«

Auf der Bühne sang in diesem Moment Xiao Hong. Sie verstand erst nicht, was die Menge brüllte, und fuhr fort, auf gewohnte Weise mit einschmeichelnder Stimme mit den Leuten vor der Bühne zu flirten. Als sie begriff, was da unten geschrien wurde, erschrak sie. Sie wandte sich um und blickte hilfesuchend zu ihrem Chef. Konfrontiert mit dieser Situation verließ San Huo die Bühne und ging zum Sohn der Familie Liu. Der erklärte, er werde für jede, die sich obenherum ausziehe, zusätzlich zweihundert Kuai und für jede, die sich völlig nackt ausziehe, fünfhundert Kuai springen lassen. Das gelte natürlich nur für die Frauen, Männer hätten da nichts zu bieten. San Huo überlegte kurz, das Angebot war verlockend, sein eigener Anteil würde weit höher sein als üblich, und so sagte er zu.

Xiao Hongs Auftritt war zu Ende, daher besprach San Huo das Angebot zunächst mit ihr. Xiao Hong hatte einen Mantel übergeworfen, ihr Gesicht war gerötet, sie saß dicht am Feuer und überlegte. »Fünfhundert Kuai verdienen sich nicht leicht ... na gut, dann ziehe ich mich eben aus. Die Leute hier kennen mich schließlich nicht. Wie steht es mit dir, Yingzhi?«

Die Versuchung, auf die Schnelle fünfhundert Kuai zu verdienen, ließ ihr Herz rasen. Wenn sie auf diese Weise auf einen Schlag fünfhundert Kuai verdienen konnte, dann brauchte es nur noch wenige zusätzliche Male, um das Haus bauen zu können. Aber bei der Vorstellung, sich vor all diesen Leuten auszuziehen, sträubten sich ihr die Haare.

Widerstrebend sagte sie: »Für mich geht das wahrscheinlich nicht. Ich bin verheiratet, wenn mein Mann davon erfährt, bringt er mich um.«

»Wieso soll er dich umbringen, wenn ihm dabei Geld in die Tasche fließt? Gib ihm zweihundert Kuai ab, und ich schwöre dir, er wird dir kein Haar krümmen.«

»Da ist was dran«, sagte Yingzhi. »Aber es wird ja zwischen den Dörfern alles weitergetratscht, nichts bleibt geheim. Wenn meine Eltern davon erfahren, kann ich mich bei ihnen nicht mehr blicken lassen.«

»Hier auf dem Dorf lassen die Frauen beim Stillen doch auch vor allen Leuten ihre Brüste raushängen. Darüber regt sich keiner auf. Lass kurz deinen Busen raushängen und nimm dir die zweihundert Kuai, was ist schlecht dran? Wir Frauen glänzen eben mit unseren Formen.«

Das ist wahr, dachte Yingzhi bei sich. »Ich habe keine Angst«, sagte Xiao Hong. »Erstens komme ich nicht aus euren Dörfern, und zweitens habe ich nicht vor, hier festzusitzen. Ich will so schnell wie möglich von hier weg nach Kanton und mir dort Arbeit suchen. Da kommt mir jeder zusätzliche Fen recht.«

Yingzhi befand sich in einem heftigen Widerstreit der Gefühle. Die fünfhundert Kuai waren zu verlockend. Wenn sie jedes Mal auf diese Weise fünfhundert Kuai verdienen würde, dann könnte sie in einem halben Jahr mit dem Hausbau beginnen. Aber … Die Gegenstimme in ihrem Kopf gab ihr eine niederschmetternde Antwort. Ihre Lage war eine andere als die von Xiao Hong. Die war unabhängig, konnte jederzeit gehen, wenn es ihr passte, sie brauchte sich vor nichts zu fürchten. Aber Yingzhi war bereits verheiratet, sie war Qianhuos Mutter, sie schleppte bei jedem Schritt, den sie machte, andere Personen hinter sich her. Davon abgesehen war sie eine Hiesige. Wenn sie einmal ins Gerede kam, würde sie die ganze Familie gegen sich aufbringen. Sich vor allen Leuten nackt ausziehen? Wie sollte sie das Gerede hinter ihrem Rücken durchstehen? Sie wälzte die Sache in ihrem Kopf hin und her und kam zu keinem Entschluss.

Xiao Hong hatte die Bühne betreten. Die Musik wummerte. Von draußen drang jedes von Xiao Hong mit besonderer Betonung gesungene Wort an ihr Ohr, und die Rhythmen schlugen wie mit dem Hammer in ihr Gemüt ein. Die Begeisterung der Leute stieg auf den Siedepunkt. In die Zurufe mischten sich spitze Schreie. Yingzhi konnte daraus erraten, dass sich Xiao Hong Stück für Stück ihrer Kleidung entledigte. Schließlich schrie die gesamte Menge auf, es klang, als explodierte eine Bombe neben Yingzhi, man konnte glauben, das Hausdach wäre in den Himmel geschossen und würde nie mehr auf die Erde zurückfallen.

Sich die Szene mit eigenen Augen anzusehen, fehlte Yingzhi der Mut. Sie blieb in der Garderobe hinter der Bühne beim Kohlenfeuer sitzen. Im Gegensatz zur rasenden Begeisterung der Leute draußen wurde sie von Niedergeschlagenheit erfasst. In den rot glühenden Flammen des Kohlenfeuers sah sie plötzlich Chunhui, modisch gekleidet, wie sie in ihrem Auto fuhr. Wie und mit welchem Recht hatte die unfähige Chunhui es so weit gebracht? Womöglich würde es ihr selbst heute sogar besser als Chunhui gehen, wenn sie rechtzeitig in den Süden gegangen wäre. Meine Hochzeit hat alles ruiniert, dachte sie. Guiqing hat mein Leben ruiniert.

Xiao Hong beendete schließlich ihren Gesang. Eingewickelt in einen Mantel kam sie nach hinten gerannt. Ihre Lippen waren blau gefroren, aber ihr Gesicht strahlte vor Begeisterung. Yingzhi war erstaunt, noch nie hatte sie so schön ausgesehen. San Huo kam hinter ihr her und sagte: »Xiao Hong, das war großartig, diese fünfhundert Kuai hast du dir verdient. Ach, Yingzhi, so was hast du noch nicht gesehen. Ich bin in den Jahren weit herumgekommen, aber das erlebe ich zum ersten Mal. Xiao Hong wäre im Feuer der Begeisterung fast verbrannt.«

Xiao Hong sagte: »Mir war kein bisschen kalt. Das war supergeil. Probier's selbst, wenn du's nicht glaubst.«

Nun war Yingzhi an der Reihe. Als sie die Bühne betrat, war die Begeisterung des Publikums noch nicht abgeebbt. Noch bevor sie den Mund aufmachen konnte, kamen die Rufe: »Weitermachen! Ausziehen!«

Yingzhi reagierte nicht darauf, sie lächelte nur. Sie hörte auf das Einsetzen der Musik und begann zu singen. Fast niemand im Publikum hörte zu, es herrschte ein Stimmengewirr wie auf dem Gemüsemarkt. In Wellen kamen die lauten Rufe »Ausziehen!« Offenbar hatten sie alle nichts anderes im Sinn, als ihr beim Ausziehen zuzusehen. Als sie nach der Hälfte ihres Songs noch immer keine Anstalten machte, sich zu entkleiden, wurden einige im Publikum aggressiv: »Entweder ausziehen oder runter von der Bühne!« und »Los, mach weiter mit dem Ausziehen!«

Der Sohn der Familie Liu saß in der vordersten Reihe, streckte fünf Geldscheine in die Höhe, wedelte ihr damit zu und rief: »Ausziehen, dann gehört das Geld dir!«

Yingzhi war wie in Trance. Aus den Geldscheinen schien Chunhui in ihrem Auto auf sie zuzufahren. Im nächsten Moment hob sie ihre Arme und legte die Hände auf die Träger ihres Kleides. Vor der Bühne wurde es plötzlich totenstill, alle blickten mit angehaltenem Atem auf Yingzhi. Während sie weitersang, beugte sie sich nach hinten und ließ die Träger von ihren Schultern gleiten. Das Kleid rutschte langsam an ihrem Körper entlang nach unten. Vor aller Augen erschien eine Yingzhi im Dreieckshöschen und Büstenhalter. Das Höschen war sehr knapp, nahezu der halbe Hintern quoll daraus hervor. Schreie und Pfiffe gellten durch die Menge: »Klasse! Tolle Figur! Geil! Mach weiter!«

Noch nie hatte Yingzhi so vor fremden Menschen gestanden. Sie wiegte sich in den Hüften, nie in ihrem Leben hatte sie sich so beschwingt und frei gefühlt. Das Geräusch der brüllenden Menge heizte sie auf und brachte ihr Blut in Wallung. Ihre Finger tasteten unwillkürlich nach den Häkchen an der Rückseite des Büstenhalters. Eine leichte Berührung, und er fiel herunter. Ihre schneeweißen Brüste sprangen hervor, befreit wie zwei Vögel, die ihre Flügel entfalteten.

Die Raserei des Publikums sprengte erneut die alte Ahnenhalle. Der Sohn der Familie Liu wedelte ihr weiter mit dem Geld in seiner Hand zu. Aber in diesem Moment war das

Lied zu Ende, sie musste abtreten, noch ehe sie sich vollständig entkleidet hatte. Yingzhi rief nach dem Vorhang, raffte hastig ihre Kleidungsstücke zusammen und verdeckte damit ihre Brust. San Huo wickelte sie in einen Mantel, nahm ihren Arm und führte sie in die warme Garderobe. Mit einem Unterton des Bedauerns sagte er: »Du hast zu lange abgewartet, noch eine Zeile länger, und du hättest die fünfhundert Kuai kassiert.«

Yingzhi zitterte am ganzen Körper, ob vor Kälte oder Aufregung, wusste sie selbst nicht, sie war unfähig, ein Wort hervorzubringen. Sie setzte sich neben das Feuer und wärmte sich ein paar Minuten auf, dann atmete sie tief durch. San Huo hat recht, dachte sie.

An diesem Tag verdiente Yingzhi dreihundertzwei Kuai, eingeschlossen das Trinkgeld des Sohnes der Familie Liu. Xiao Hong dagegen erhielt mehr als fünfhundert Kuai. Das Leuchten in ihren Augen beim Zählen schien die ganze Umgebung zu erhellen.

Für die Männer fiel dagegen wenig ab. Ohne einen Blick darauf zu werfen, stopften sie das verdiente Geld in die Taschen und bedauerten seufzend, nicht als Mädchen geboren zu sein. Wentang sagte: »Hätte ich geahnt, dass ihr euch so mir nichts, dir nichts auszieht, hättet ihr euch besser erst mal vor uns ausziehen sollen. Den besten Dünger streut man doch aufs eigene Feld. Die fünfhundert Kuai hätten wir auch zusammenkratzen können.«

»Ist das wahr? Meinst du das im Ernst?«, fragte Xiao Hong.

Yingzhi dagegen schwieg. Sie dachte darüber nach, ob Wentang das ernst gemeint hatte oder sich über sie lustig machen wollte.

11. Kapitel

Das Neujahrsfest war kaum vorüber, die Papierfetzen der Drachenlampions, die allerorten den Boden bedeckten, hatte der eisige Wind noch nicht hinweggefegt, als in der Kreiszeitung der Leserbrief eines zum Neujahrsfest in sein Heimatdorf zurückgekehrten Studenten veröffentlicht wurde. Er äußerte ernsthafte Bedenken gegen die üblen und geschmacklosen Veranstaltungen zum Neujahrsfest in den Dörfern. Der Verfasser wollte wissen, ob die Frage nach dem gesunden Empfinden um des Spektakels willen keine Rolle mehr spiele. Im Text wurde auf einige Opernensembles verwiesen, die Stücke mit anstößigen Inhalten zum Besten gäben, auf einige Varietéensembles, die unverhüllt Aberglauben propagierten und auf einige Gesangsgruppen, die ohne Scheu Striptease vorführten. Der Student erklärte, was er da zu sehen bekommen hätte, habe in ihm den Eindruck erweckt, die Dörfer wären inzwischen noch rückständiger als zu der Zeit, wo er an die Universität gegangen sei. Der Leserbrief rief die Aufmerksamkeit der Leitungsfunktionäre des Kreises auf den Plan, die umgehend eine Untersuchung und entsprechende Maßnahmen veranlassten.

Innerhalb von nur zehn Tagen wurde der San-Huo-Band die Lizenz für öffentliche Aufführungen entzogen. Der Student, der den Leserbrief verfasst hatte, stammte nämlich aus dem Dorf Yanhui.

Bevor sich die Band endgültig auflöste, lud San Huo Yingzhi und die übrigen Bandmitglieder zu einem Abschiedsessen in der Kreisstadt ein. Dabei erklärte er, eigentlich sei er davon ausgegangen, dass nach dem Auftritt in Yanhui das Geschäft noch besser florieren würde. Damit, dass die Band aufgelöst würde, habe er nicht gerechnet. Beim Sprechen kippte er einen Schnaps nach dem anderen, wobei er immer wieder tief seufzte. Wentang stieß ein ums andere Mal mit ihm an und verfluchte dabei den Studenten. Ein Parasit sei das, hätte sich alles angesehen, alles angehört, den Augen- und Ohrenschmaus genossen, um anschließend anderen Menschen den Lebensunterhalt zu rauben. Als er zum dritten Mal über den Studenten herzog, stoppte ihn San Huo. Er erklärte, auf eine gewisse Weise könne man den jungen Mann schon verstehen. Einem Hochschulstudenten, einem Gebildeten, ginge Derartiges natürlich gegen den Strich. So einer wolle Aufführungen sehen, wo die Tänzer auf ihren Fußspitzen tanzten, und Sänger, die in langen Abendkleidern westliche Lieder sangen, und Konzerte, wo Männer in Schwalbenschwänzen große Orchester dirigierten. Das nenne man Hochkultur, das sei Kunst. »Leute wie wir, die nur das armselige Leben im Dorf kennen und den Leuten was bieten wollen, haben eben keine Ahnung, wie man das richtig anstellt, und suchen bloß nach einem Vorwand, den Bauern ein wenig Geld aus der Tasche zu ziehen. Klar, dass das nicht allen gefällt.«

»Und was sollen die Leute im Dorf in Zukunft tun, wenn sie Hochzeiten und Beerdigungen feiern und dabei ein bisschen Spaß haben wollen?«, fragte Yingzhi.

»Dann müssen sie eben ohne Spaß feiern. Bei Hochzeiten dürfen sie lachen, bei Beerdigungen wild drauflosheulen. Auch unter Aufsicht wird schließlich geheiratet und gestorben«, antwortete San Huo.

Damit brachte er alle zum Lachen. Der Abschiedsschmaus löste sich auf, niemand war übertrieben traurig, als sie sich trennten. Sie versicherten sich nur, dass es auch später noch Gelegenheit geben werde zusammenzukommen.

Auf dem Heimweg war Yingzhi äußerst bedrückt. Die Absicht, so schnell wie möglich das Geld für den Hausbau zu verdienen, hatte unerwartet das Gegenteil bewirkt und alles verdorben. Sie dachte daran, wie Wentang den Studenten beschimpft hatte, und fand, dass er nur allzu recht hatte.

Sie kehrte nicht direkt nach Hause zurück, sondern fuhr gemeinsam mit San Huo nach Fenghuangyuan. Im Elternhaus feierte man anscheinend noch das Neujahrsfest, die ganze Sippe saß um den Tisch herum und spielte Mahjong. Der Ofen im Nebenzimmer war geheizt, es war gemütlich warm. Yingzhis Erscheinen löste ein allgemeines Hallo aus. Ihre Schwägerin lud Yingzhi umgehend zum Mitspielen ein und bot ihr ihren Platz an. Yingzhi winkte ab. Ihre Mutter, die in der Küche das Essen zubereitete, kam freudestrahlend und mit lachendem Gesicht aus der Küche, als sie von Yingzhis Heimkehr erfuhr. Sie trug einen Teller mit einem ganzen Berg leckerer Dinge wie frittiertes Sesamgebäck und geröstete Erdnüsse. Yingzhi fühlte auf der Stelle, hier war ihr wirkliches Zuhause.

Sie nahm ihrer Mutter den Teller ab und zog sie, ohne von den Leckereien zu kosten, am Ärmel in ein Nebenzimmer. »Mama, ich muss was mit dir besprechen«, sagte sie.

»Ich bin doch gerade beim Essenkochen.«

»Ich bin nur hier, um mit dir zu reden. Dann gehe ich wieder.«

»Willst du nicht hier zu Hause mit uns essen?«

»Das kann ich nicht, sonst gibt es wieder Zoff mit Guiqing.«

»Was ist nur mit euch beiden los?«, fragte die Mutter. »Wie kommt es, dass sich Guiqing so gewissenlos benimmt? Er hat meine großartige Tochter zur Frau gekriegt, wieso kümmert er sich nicht ordentlich um dich?«

Als Yingzhi das hörte, stiegen ihr die Tränen in die Augen, fast hätte sie losgeheult. »Die Schwiegereltern stiften Unfrieden, sie hetzen gegen mich, wo sie nur können. Ich will am liebsten nichts mehr mit ihnen zu tun haben und mein eigenes Leben führen.«

»Und wie wollt ihr das anstellen?«

»Ich und Guiqing wollen unser eigenes Haus bauen. Es gibt ein Grundstück neben ihrem Haus, Guiqing sagt, seine Eltern sind einverstanden, es uns zu überlassen. Aber das Geld reicht noch nicht. Und da habe ich gedacht ... also ich habe gedacht, vielleicht könnt ihr mir ein bisschen Geld leihen?«

»Darüber kann ich nicht bestimmen, das muss ich mit deinem Vater besprechen«, sagte die Mutter.

Yingzhi nickte. »In Ordnung.«

Um die Antwort abzuwarten, blieb Yingzhi über Nacht. Am nächsten Morgen zog ihre Mutter sie, kaum war sie aufgestanden, in die Küche, frittierte vor ihren Augen zwei pochierte Eier und legte dabei eine förmliche Aufmerksamkeit an den Tag, als wäre sie eine Fremde und nicht ihre Tochter. Ihr Verhalten ließ Yingzhi erahnen, dass der Vater ihre Bitte abgelehnt hatte. Daher machte sie den Anfang: »Vater will mir kein Geld leihen, nicht wahr?«

Yingzhis Mutter wand sich vor Unbehagen: »Ach, Yingzhi, dein Vater hat auch seine Gründe. Wenn deine Brüder erfahren, dass wir dir Geld geliehen haben, sind sie bestimmt nicht einverstanden. Abgesehen davon, dass du eine Tochter bist.«

In Yingzhi stieg Ärger auf: »Was soll das heißen, dass ich eine Tochter bin? Sind Töchter nicht von denselben Eltern aufgezogen worden?«

»Es heißt doch von jeher: ›Eine verheiratete Tochter ist wie verschüttetes Wasser.‹ Sobald du die Familie verlässt, gehörst du zu einer anderen Familie. Für deine Brüder gilt das natürlich nicht.«

Yingzhis Ärger wuchs: »Dort gehöre ich nicht zur Familie, und hier werde ich rausgeschmissen. Kurz gesagt, ich habe überhaupt keine Familie, nirgends. Das ist ungerecht.«

»Ja, das ist ungerecht«, gab die Mutter zu. »Aber was willst du tun, so ergeht es uns Frauen seit ein paar Tausend Jahren. Wenn du mal mein Alter erreicht hast, wirst du die Sache anders betrachten. Du wirst die Familie deiner Schwiegereltern als deine eigene ansehen, so wie ich es heute tue.«

Yingzhi hatte keine Lust, weiter zu diskutieren. Niedergeschlagen aß sie ihr Frühstück und verließ das Haus, ohne sich zu verabschieden.

Es waren kaum Menschen unterwegs. Meistens konnte sie einen dreirädrigen Traktor anhalten und auf diesem tuckernden Fahrzeug die halbe Wegstrecke zurücklegen. Aber diesmal ließ sich kein Traktor blicken. Es war nicht sehr windig, aber bitterkalt. Weit erstreckten sich vor ihr die Felder und das unbestellte Land, es war nahezu niemand zu sehen. Gelegentlich kam sie an Leuten vorbei, zumeist waren es Männer in vorgerücktem Alter, die irgendetwas auf dem Feld erledigten. Die Menschen hatten ihr Interesse an der Feldarbeit verloren, niemand wusste genau, seit wann das so war.

Yingzhi hatte ihren Schal im Elternaus liegen lassen. Beim Gehen blies ihr der Wind ins Genick, sie zog ihre Schultern hoch und den Kopf ein. Ihre Gedanken drückten sie nieder. Von der Gleichstellung von Männern und Frauen wurde schon so lange geredet, warum waren es immer die Frauen, die letztlich draufzahlten, egal, worum es ging. Wenigstens die Frauen selbst sollten sich damit nicht abfinden. Zum Beispiel ihre Mutter. Hört denn die Tochter auf, von eurem Fleisch und Blut zu sein, wenn sie heiratet? Sie war genau genommen kein Teil der Familie ihrer Schwiegereltern, aber für die eigene Familie zählte die Tochter nicht mehr dazu. Warum war das Schicksal so grausam zu den Töchtern? Yingzhi begriff jetzt endlich, warum die Töchter auf dem Weg vom Elternhaus zu ihrer Hochzeit immer so laut und bitterlich schluchzten:* weil sie mit ihrer Heirat für immer die eigene Familie verloren. Im unendlichen Raum zwischen Himmel und Erde irrten so viele Seelen von Töchtern umher, die zu keiner Familie gehörten. Es gab auf dieser Welt keine bedauernswerteren Wesen.

Von solch trüben Gedanken erfüllt erreichte sie das Alter-Tempel-Dorf. Am Dorfeingang sonnten sich ein paar Nichtstuer, träge an die Hauswände gelehnt. Als sie Yingzhi bemerkten, leuchteten ihre Augen auf. Einer dieser Nichtstuer mit Namen Stinkwurm rief ihr entgegen: »He, Yingzhi, wann ziehst du dich auch mal hier bei uns aus?«

Yingzhi erschrak. Verdammt, dachte sie bei sich, wie konnte das so schnell die Runde machen? Sie zwang sich zu einem Lachen: »Bei einem wie dir, Stinkwurm, gibt es nichts auszuziehen. So einem muss man die Haut abziehen.«

Stinkwurm grinste höhnisch: »Wir hier im Dorf beneiden Guiqing. In Yanhui sind alle ausgerastet, sie sagen, dein Fleisch ist weißer als Schnee im Winter.«

Kochend vor Wut sagte Yingzhi: »Verpiss dich, du Arschloch! Pass nur auf, Stinkwurm, ich reiß dir die Haut vom Leib.«

* Traditionell hat die Tochter beim Verlassen des Elternhauses auf dem Weg zur Hochzeit Kummer zu zeigen.

Nach diesem Ausfall beeilte sich Yingzhi weiterzukommen, sie spürte eine ängstliche Unruhe in sich wachsen. Sie war sich im Klaren darüber, dass Guiqing ihr keinen angenehmen Empfang bereiten würde, wenn ihm das Geschwätz zu Ohren gekommen war. Sie dachte an Xiao Hongs Bemerkung, sie solle ihrem Mann zweihundert Kuai abgeben, dann würde er ihr kein Haar krümmen. Das veranlasste sie, umgehend zum Kramladen des Dorfes abzubiegen und für Guiqing eine Stange Zigaretten und zwei Flaschen Schnaps zu kaufen, dazu zusätzlich für die Schwiegereltern zwei Flaschen Sprite. Als sie das Geld dafür hervorkramte, krampfte sich ihr Herz schmerzhaft zusammen. Die Ladenbesitzerin dagegen kicherte zweideutig und sagte: »Oh, das ist wohl für Guiqing? Na, da wird er aber überrascht sein. Guiqing ist wirklich ein Glückspilz.«

Eigentlich und ihrem Charakter entsprechend hätte Yingzhi ihr eine lautstarke Abfuhr erteilt, aber in diesem Moment war sie nicht in der Verfassung, darauf einzugehen. Ihr ganzes Denken war auf die Frage gerichtet, wie sie mit Guiqing klarkommen sollte.

Von weitem sah sie das Eingangstor ihres Hauses. Es war zu Neujahr frisch mit glänzendem schwarzen Lack gestrichen worden. In diesem Moment war es allerdings geschlossen. Das war ungewöhnlich, denn wenn sich die Schwiegereltern im Haus befanden, war das Tor üblicherweise offen. Als Yingzhi darauf zuging, begann ihr Herz heftig zu pochen. Sie versuchte sich zu beruhigen. Angekommen, rief sie laut und mit betont fröhlicher Stimme: »He, Guiqing, komm her und nimm mir das hier ab. Schau mal, was ich dir mitgebracht habe.« Dabei stieß sie das Tor auf und versuchte, einen möglichst ungezwungenen Eindruck zu machen.

Ihre Schwiegereltern saßen aufrecht mit finsteren Mienen in der guten Stube. Nach wie vor hingen über ihren Köpfen die großen Schriftzeichen »Himmel, Erde, Herrscher, Eltern und Meister«. Zunächst stellte Yingzhi die Sprite-Flaschen auf den Tisch und sagte dann lachend: »Die habe ich extra für euch mitgebracht.«

Die Schwiegermutter deutete mit spitzem Finger auf Yingzhis Nasenspitze und schrie mit schriller Stimme: »Du verdorbenes Miststück, das Zeug hast du mit dem Geld bezahlt, für das du deine F… verkaufst. Du willst uns ruinieren!« Yingzhi kam es vor, als würde die kreischende Stimme ihr Trommelfell zerstechen. Auf so einen überfallartigen Empfang war sie nicht vorbereitet, sie reagierte mit einer hastigen Verteidigung: »Was ist denn? Ich habe nichts getan, wofür ich mich schämen muss.«

Guiqing kam aus ihrem Zimmer gestürmt und packte sie mit einem Griff an den Haaren. Yingzhi stieß einen Schmerzensschrei aus. »Du stinkende Nutte«, schrie Guiqing, »zum Singen habe ich dich gehen lassen, damit du Geld verdienst, und nicht, damit du dich ausziehst! Hast du noch einen Funken Anstand? Für Geld machst du wohl alles? Ist dir Geld wichtiger als Anstand? Du bist die geborene Hure. Ich war mit Blindheit geschlagen!«

Während er sie beschimpfte, verpasste er ihr mit aller Kraft eine Ohrfeige. Yingzhi spürte, wie ihr Gesicht anschwoll. Sie unternahm instinktiv einen Versuch des Widerstands, indem sie ihm einen Fußtritt versetzte und wild mit ihren Fäusten auf ihn einschlug. »Ich will nun mal Geld verdienen, was ist schlecht daran? Geh du doch, verdien Geld und ernähr deine Frau, wenn du was taugst!«

»Du stinkende Hure«, erwiderte Guiqing, »du traust dich noch, das Maul aufzureißen!«

Yingzhi verpasste ihm einen Tritt in den Unterleib, Guiqing gab einen Schmerzensschrei von sich. Er ließ sie los, krümmte sich und hielt sich den Unterleib.

Yingzhi nutzte die Gelegenheit und rannte mit gesenktem Kopf nach draußen. Um Himmels willen, dachte sie, ich kann nicht zulassen, dass er mich totschlägt. Im Hof angelangt sah sie, dass der Schwiegervater, der im Zimmer gesessen hatte, ihr zuvorgekommen war und sie im Hof erwartete. Das Tor war verschlossen, der Schlüssel nirgends zu sehen. Der Schwiegervater lachte kalt und kehrte, ohne sie weiter zu beachten, ins Haus zurück. Guiqing kam ihr nachgerannt, einen Knüppel in der Hand: »Du verfluchtes Drecksstück«, brüllte er, »trittst deinem Mann auf den Stängel, ich mach dir den Garaus!«

Er schlug mit dem Knüppel nach ihr, sie wich aus, schnell wie der Blitz, der Knüppel zischte an ihrem Gesicht vorbei und prallte gegen ihre Schulter. Yingzhi schrie auf vor Schmerz und stolperte zu Boden. Unfähig aufzustehen, kroch sie auf den Schweinepferch zu. Guiqing folgte ihr, schwang den Knüppel und drosch wie besessen auf sie ein.

Yingzhi erreichte den Pferch, der ihr nun den Ausweg versperrte, sie hatte auch keine Kraft mehr weiterzukriechen. Voller Hass und Trauer dachte sie: Schlag nur zu! Im schlimmsten Fall krepiere ich eben. So zu leben ist schlimmer als sterben. Während sie so dachte, leistete sie unbewusst weiter Widerstand. Sie krümmte sich an der Wand des Schweinepferchs zusammen, während Guiqing weiter besinnungslos auf sie einschlug. Er schlug und schlug, bis sie nahezu keine Schmerzen mehr spürte, dann verlor sie das Bewusstsein.

Es war bereits Mittag, als sie wieder zu sich kam. Das Schwein lag neben ihr, ein bestialischer Gestank drang in ihre Nase. Mühevoll erhob sie sich vom Boden, ins Haus zu gehen, wagte sie nicht. Sie ging zum Tor, das jetzt wieder geöffnet war. Sie trat hinaus, der Himmel draußen vor dem Tor kam ihr besonders hell vor.

Humpelnd und mit schleppenden Schritten verließ sie das

Alter-Tempel-Dorf. Ihre gefütterte Jacke war unter Guiqings Schlägen zerrissen, überall quollen die Baumwollflocken hervor. Ihr Gesicht war voller grünblauer Flecken und geschwollen, Blutgerinnsel liefen ihren Nacken herunter. Sie war halb bewusstlos, sie wusste nicht, wohin sie ging, sie stolperte einfach vorwärts. Sie war sich nicht einmal bewusst, dass sie den Weg in ihr Heimatdorf eingeschlagen hatte, zu ihrem Glück brauchte sie für den Weg nach Hause keine Erinnerung.

Es dunkelte bereits, als sie zu Hause anlangte. Ihr Neffe Shaoya entdeckte sie als Erster. Er stieß einen markerschütternden Schrei aus: »Großvater, Großmutter, kommt her, schaut, was mit der Tante passiert ist!«

Die gesamte Familie kam aus dem Haus gerannt. Yingzhi hörte die Schritte, die auf sie zukamen, sie konnte niemanden deutlich erkennen und brach zusammen.

12. Kapitel

Eine ganze Woche lang verbrachte Yingzhi im Elternhaus, ohne auch nur einmal das Bett zu verlassen. Als ihre Eltern und Brüder den von Wunden und Striemen übersäten Körper Yingzhis sahen, ballten sie vor Zorn die Fäuste. Im Eiltempo marschierte ihr Vater gemeinsam mit den beiden Brüdern und zehn kräftigen, kampfbereiten Burschen aus Fenghuangyuan los. Gegen Abend erreichten sie das Alter-Tempel-Dorf. Yingzhis älterer Bruder erklärte, Blut müsse mit Blut vergolten werden, und der Dreckskerl Guiqing werde dafür teuer bezahlen. Aber als sie Guiqing lauthals aufforderten, sich für die Misshandlung Yingzhis zu rechtfertigen, ließ die Antwort sie mit offenen Mündern erstarren. Nicht nur verzichteten sie darauf, über ihn herzufallen, sondern baten ihn demütig wie geprügelte Hunde tausendmal um Verzeihung. Mit gesenkten Köpfen machten sie sich auf den Rückweg.

Von all dem bekam Yingzhi nichts mit.

Als Yingzhi zum ersten Mal das Bett verließ, war der Himmel frisch und klar. Die äußeren Wunden waren bereits vernarbt, aber die Wunden in ihrem Innern bluteten noch immer. Nachdem sie gefrühstückt hatte, stand sie am Fenster ihres

Zimmers und blickte auf den sonnenbeschienenen Hof. Dort spielten ihr Neffe Shaoya und ihre Nichte Taotao unter großem Gelächter Fangen. Ich würde gern wissen, wie es meinem Qianhuo jetzt geht, dachte sie.

Yingzhis Vater betrat den Raum und setzte sich auf einen Stuhl. Er ließ den Kopf hängen. Yingzhi sah ihn an und konnte nicht erraten, was in ihm vorging. Er räusperte sich ein paarmal, dann sagte er: »Was du angestellt hast, weißt du selbst am besten. Geh nach Hause, gib deinen Fehler zu und bitte Guiqing um Verzeihung. Wir können uns hier nicht ein Leben lang um dich kümmern. Du musst wissen, was sich für eine Frau gehört.«

Yingzhi summte für einen Moment der Kopf, bis sie begriff, was ihr Vater meinte. Er verlangte, dass sie vor Guiqing buckelte und ihn um Verzeihung bat. Sie war grün und blau geschlagen worden, ihr ganzer Körper war übersät mit Wundnarben, aber bei ihr entschuldigte sich niemand. Ihr war, als brächen all ihre gerade vernarbten Wunden erneut auf, als würde ihr Körper mittendurch gerissen. Sie wollte schreien, mit dem Kopf gegen die Wand rennen, sich die Brust zerfetzen, den Himmel fragen, warum er zuließ, dass Frauen so ungerecht behandelt wurden.

Als der Vater sah, wie Yingzhis Gesichtsfarbe wechselte, zog er aus seiner Jackentasche ein Bündel Banknoten hervor und sagte: »Hier sind dreitausend Kuai. Das ist alles, was wir im Haus haben, wir leihen es dir. Bau mit Guiqing zusammen ein Haus und lebt in Frieden. Führ dich nicht wieder so auf, dass du dich vor allen Leuten schämen musst.«

Er legte das Geld auf den Tisch und ging aus dem Zimmer, noch immer niedergedrückt. Die Sonnenstrahlen fielen durchs Fenster auf das Geld, und die Banknoten glänzten im Sonnenlicht. Ihr Glanz dämpfte Yingzhis rasende Wut schlagartig. Sie ging langsam zum Tisch, nahm das Notenbündel, suchte ein Blatt Papier, wickelte das Geld fest ein und schob es in die Innentasche. Sie war mit leeren Händen gekommen und ging mit leeren Händen. Bevor sie das Haus verließ, betrat sie die Küche, um sich zu verabschieden: »Mama, ich gehe!«

Ihre Mutter war dabei, Brennholz in den Herd zu schieben. Sie hob den Kopf und sagte: »Mein Mädchen, finde dich mit deinem Schicksal ab. Du bist eine Frau. Merke dir, das Schicksal der Frau ist es, gut für ihren Mann zu sorgen. Stell dich nicht gegen ihn, du kannst nur verlieren.«

Yingzhi machte sich auf den Weg, sie war wie betäubt. Eine Frage nur ging ihr wieder und wieder durch den Kopf: Wann habe ich mich jemals gegen ihn gestellt? Gegen Mittag sah sie die von Bäumen gesäumten Häuser des Alter-Tempel-Dorfs vor sich liegen, und ihr Herz begann heftig zu pochen. Sie wusste nicht, was ihr diesmal bevorstand. Ein paar der Dörfler, die untätig herumlungerten, sahen Yingzhi von weitem herankommen und gaben Guiqing eiligst Bescheid.

Yingzhi hatte kaum das Dorf betreten, als sie plötzlich Guiqing vor sich sah. Kräftig und hochgewachsen stand er im Wintersonnenlicht. Yingzhi spürte auf einmal, wie ihre Beine nachgaben. Starr vor Furcht wagte sie keinen weiteren Schritt. Guiqing kam ihr entgegen und sagte: »Na, wieder da? Ich hatte vor, dich heute abzuholen.«

Yingzhi senkte wortlos den Kopf. Guiqing fuhr fort: »Ich sag dir was: Als Qianhuo heute im Dorf einer Katze nachgerannt und dabei gestolpert ist, hat er nach der Mama gerufen. Leider warst du nicht da und hast es nicht mitgekriegt. Es hätte dich sicher gefreut.«

Yingzhi war kurz davor, in Tränen auszubrechen, aber noch immer brachte sie kein Wort heraus. Sobald sie das Haus betreten hatten, suchte sie nach Qianhuo, nahm ihn in den Arm, und erst jetzt strömten die lang zurückgehaltenen Tränen. Sie versteckte ihr Gesicht in Qianhuos Kleidung, um zu vermeiden, dass Guiqing es bemerkte. Aber Guiqing war es nicht entgangen, und er sagte: »Du bist wieder da, alles ist in Ordnung, was gibt es zu weinen?«

»Ich hatte Sehnsucht nach Qianhuo«, antwortete Yingzhi.

Am Abend wollte Guiqing ihr beim Auskleiden helfen, Yingzhi wehrte ab. »Ich darf dich nicht mal mehr ausziehen?«, fragte er.

»Glaubst du, ich möchte irgendjemanden sehen lassen, was es da zu sehen gibt?«

»Ist mir egal. Ich möchte es sehen. Du bist meine Frau.«

Er riss ihr mit Gewalt die Kleidung vom Leib. Die Narben und Striemen auf ihrem Körper waren in aller Deutlichkeit sichtbar. Guiqing erstarrte. Yingzhi wandte das Gesicht zur Wand und begann wieder zu schluchzen. Guiqing wurde in diesem Moment von Gewissensbissen übermannt, er strich sanft über die Narben auf ihrem Rücken und sagte: »Yingzhi, ich war nicht bei Verstand. Ich habe nicht geahnt, dass ich dich so heftig geschlagen habe, ich war wirklich wutentbrannt. Weine nicht, schlag mich, nimm einen Knüppel und schlag zu, ja?« Beim Sprechen bückte er sich und suchte unter dem Bett nach einem Stock.

»Wozu? Du bist sowieso stärker.«

Guiqing beugte sich über sie: »Yingzhi, verzeih mir. Ich mache ab heute alles, was du verlangst, nur bitte hasse mich nicht. Du darfst mich nicht hassen, ich mag dich doch so sehr, wirklich!«

Nach kurzem Nachdenken sagte Yingzhi: »Wenn du mich wirklich magst, dann zeig es mit dem, was du tust. Ich will nur, dass wir unser Haus bauen, alles Übrige ist für mich Nebensache.«

»Wir bauen, unbedingt bauen wir, das haben wir doch längst ausgemacht, meine Eltern haben schon zugestimmt. Nur das Geld …«

»Meine Familie hat mir ein bisschen Geld geliehen, ich selbst hab auch etwas verdient. Wir fangen erst einmal an und sehen dann weiter. Wir bauen so weit, wie das Geld, das wir jetzt haben, reicht.«

»Einverstanden, ich höre auf dich. Morgen fangen wir an.«

In dieser Nacht arbeitete sich Guiqing endlos auf Yingzhi ab, erst gegen Mitternacht fiel er in einen erschöpften Schlaf. Yingzhi dagegen war wegen seines Versprechens so aufgeregt, dass sie sich von einer Seite auf die andere wälzte und keinen Schlaf fand.

Yingzhi und Guiqing begannen nun endlich, ihr Haus zu bauen. Guiqing hatte gemeinsam mit anderen bei der Renovierung von Häusern gearbeitet und verstand ein wenig, worauf es beim Bau ankam. Er verfertigte nach Yingzhis Angaben eine grobe Skizze. Das Haus sollte zweistöckig werden und nach Süden ausgerichtet sein. Im Zentrum des Erdgeschosses war das große Empfangszimmer vorgesehen, links und rechts davon jeweils ein Seitenzimmer. Sie waren nach Süden ausgerichtet, eines davon sollte Qianhuos Kinderzimmer werden, das andere für den geplanten weiteren Sohn. Die Treppe zum Obergeschoss verlief an der Außenwand, darunter sollte der Schweinepferch angelegt werden. Yingzhis und Guiqings Schlafzimmer sollte im Obergeschoss liegen. Auf Yingzhis permanentes, dringendes Zureden hin zeichnete Guiqing eine Toilette in den Plan ein. Das lag Yingzhi am meisten am Herzen und machte sie am glücklichsten. Nicht zuletzt, weil Guiqing daran dachte, eine Dusche in den Raum mit der Toilette einzubauen, damit würde es bequemer, sich zu waschen. Für diesen Vorschlag überschüttete sie ihn mit Lob. Im Obergeschoss sollten sich noch zwei weitere Zimmer befinden, sie könnten ja noch eine Tochter bekommen, meinte Guiqing, und dann wäre es besser, sie würde mit den Eltern zusammen im oberen Geschoss wohnen. Ich bringe keine Tochter auf die Welt, dachte Yingzhi. Eine Tochter muss auf Erden nichts als Kummer ertragen, das will ich mir als Mutter nicht antun. Aber das sprach sie, gut gelaunt, wie sie war, nicht aus.

Yingzhi und Guiqing begannen, nach und nach Ziegel und Zement zu kaufen. Yingzhi lieh sich aus ihrem Elternhaus für ein paar Tage den Kleintraktor ihres Bruders, und Guiqing schaffte jeden Tag damit das Material heran. Sämtliches Material wurde von Yingzhis Geld bezahlt, Guiqing steuerte keinen Fen bei. Selbst das Geld für die Dampfbrötchen oder die Nudeln, die sie unterwegs kauften, wenn sie es mittags nicht rechtzeitig nach Hause schafften, kam aus ihrer Geldbörse.

Nach ein paar Monaten geschäftiger Vorbereitung konnten sie schließlich die Bauarbeiten in Angriff nehmen. Am achten März wurde mit dem Erdaushub begonnen, das Datum hatte Yingzhi gewählt. »Der Frauentag am achten März ist aber doch kein Glückstag«, bemängelte Guiqing.*

»Ich will aber genau diesen Tag«, erklärte Yingzhi. Bei sich dachte sie: Das ist unser Tag, Tag der Frau, und genau an diesem Tag beginnt unser Hausbau. Vielleicht schaffe ich es doch, mein Schicksal zu wenden.

Am achten März blühte plötzlich ein Zweig des Pfirsichbaums hinter Yingzhis Haus. So früh hatte er noch nie Blüten getrieben, seit Menschengedenken nicht. Für Yingzhi war es eine freudige Überraschung. Beim Beginn der Bauarbeiten kamen alle herbei, um den blühenden Zweig zu betrachten, kicherten vor sich hin und fragten Yingzhi, was ihr daran solche Freude mache. Die Pfirsichblüten könnten ebenso gut bedeuten, dass Guiqing sein Glück bei anderen Frauen suche. Auch Yingzhi kicherte und sagte: »Wenn er sein Glück bei anderen Weibern suchen will, kann ihn niemand davon ab-

* Bis heute wird häufig als Datum für den Beginn wichtiger Vorhaben einer der im chinesischen Mondkalender vermerkten »Glückstage« gewählt.

halten. Soll er sein Glück bei den Pfirsichblüten suchen, ich finde mein Glück auch in der Hundescheiße.«

Man hatte Yingzhi selten fröhlich erlebt, über diese witzige Bemerkung brachen alle in schallendes, nicht endendes Gelächter aus. Guiqing war höchst erfreut und machte sich mit dem Anschein großer Ernsthaftigkeit ans Werk. Allerdings schleppte er jeden Tag nach getaner Arbeit alle seine Freunde, die beim Hausbau halfen, in eine Kneipe am Straßenrand, wo sie zunächst aßen, dabei gehörig tranken und anschließend Mahjong spielten. Auch dafür hatte Yingzhi aufzukommen. Geld für das Haus auszugeben, bereitete Yingzhi keine Schmerzen. Aber Geld dafür auszugeben, sich den Bauch vollzustopfen, bereitete ihr Schmerzen wie Stiche am ganzen Körper. Mehr als einmal beschwerte sie sich bei Guiqing. Gelegentlich essen zu gehen, das sei in Ordnung, aber Tag für Tag, das gehe zu weit. Guiqings Antwort war deutlich: »Du willst doch, dass sie Tag für Tag schaffen, dann müssen sie auch Tag für Tag essen, oder?«

Damit verschloss er Yingzhi den Mund.

Der Bau ging rasch voran, bereits nach wenigen Tagen wurden die vorgefertigten Platten des Obergeschosses montiert. Wenige Tage später wurde das Dach aufgesetzt. Das Haus hatte Gestalt angenommen. Das vorbereitete Material war aufgebraucht, es fehlten noch der Innenausbau, die Fußböden, der Innenanstrich sowie Fenster und Türen, auch die von Yingzhi geforderte Toilette war noch nicht da. Guiqing erstellte für Yingzhi eine Liste, er führte auf, wie viel Material noch benötigt wurde, wie viel Kalk und Sand, wie viel Zement, wie viel Anstrich. Yingzhi erkundigte sich bei jedem einzelnen Gegenstand nach dem genauen Preis und der genau benötigten Menge. Sie rechnete eine Nacht lang und sparte an allen Ecken und Enden, aber am Ende blieben immer noch dreitausend Kuai offen. Und dabei waren das Tor und die Umfassungsmauer des Hofes noch nicht eingerechnet. Sie selbst besaß nur noch weniger als tausend Yuan. Wie auch immer, es reichte hinten und vorne nicht. Einen ganzen Abend saß sie bedrückt im Zimmer und blies Trübsal.

Als Guiqing spätabends nach seiner Mahjong-Runde laut gähnend nach Hause kam, fragte sie ihn, was sie tun sollten. Sie wollte ihn bewegen, sich von seinen Eltern Geld zu leihen, aber Guiqing stellte sich taub. Yingzhi war wieder einmal kurz davor, einen Riesenstreit anzuzetteln. Schließlich beschloss sie, selbst mit den Schwiegereltern zu reden.

Sie stand am nächsten Morgen in aller Frühe auf. Ihr erster Gang führte sie diesmal nicht zum neuen Haus, sondern in die Küche, wo sie der Schwiegermutter helfen wollte, den Reisbrei fürs Frühstück zu kochen. Sie kniete sich neben den Herd und schob einen Brennholzscheit nach dem andern in die Herdöffnung, um das Feuer anzufachen. Heute will ich mich in Geduld üben, nahm sie sich vor. Ihre Schwiegermutter gab ein kühles Lachen von sich: »In den zwei Jahren seit deiner Heirat bist du nicht ein einziges Mal in der Küche aufgetaucht. Der Grund, dass du heute angetrabt kommst, ist wohl kaum, dass du mir helfen willst, Reisbrei zu kochen, oder?«

Eine ganze Weile wusste Yingzhi nicht, was sie darauf antworten sollte. Nachdem sie eine Ewigkeit herumgestottert hatte, sagte sie: »Mutter, es geht darum … du hast unser Haus gesehen, es ist so gut wie fertig, aber … unser Geld ist aufgebraucht, es fehlt nur noch ein kleines bisschen …«

Noch ehe sie ihren Satz zu Ende gebracht hatte, unterbrach ihre Schwiegermutter sie: »Ein wenig Geld haben wir, dein Schwiegervater und ich, aber dass wir euch welches für den Hausbau leihen, kannst du dir aus dem Kopf schlagen. Wir legen es für unsere alten Tage zurück. Du rührst den ganzen Tag hier keinen Finger, und auf Guiqing kann ich nicht zählen. Bilde dir nicht ein, dass du von uns auch nur einen Fen zu sehen kriegst, selbst wenn du hundert Tage lang in der Küche auftauchst, um das Feuer zu schüren und …«

Yingzhi wartete nicht ab, bis sie zu Ende gesprochen hatte, sie stopfte mit einem Stoß das gesamte Brennholz in die Herdöffnung, richtete sich auf und ging. Wer kann dieses ekelhafte Gerede aushalten und dabei geduldig bleiben?, dachte sie, während sie aus der Küche ging.

Der Hausbau kam zum Stillstand. Guiqing meinte, wenn sie es so weit geschafft hätten, wäre das Gröbste überstanden. Später würden sie Stück für Stück weiterbauen, immer wenn Geld im Haus war. Irgendwann würde es schon fertig. Yingzhi war geneigt, ihm zuzustimmen, aber beim Gedanken, weiterhin mit den Schwiegereltern unter einem Dach wohnen, aus einer Schüssel essen, durch dieselbe Tür ein- und ausgehen zu müssen, krampfte sich alles in ihr zusammen. Dieses Haus war für sie kein Ort von Wärme und Gemütlichkeit, für sie war es die Hölle. Ihr Drang, ihr eigenes Haus so bald wie möglich fertigzustellen und sich so schnell wie möglich von den Schwiegereltern zu trennen, war unwiderstehlich.

Nach dem Mittagessen erklärte Yingzhi ihrem Mann, sie wolle sich von ihren Eltern ein weiteres Mal Geld leihen. Guiqing stimmte eifrig zu, und während er Yingzhi aus dem Haus geleitete, sagte er mit dreister Miene: »Das hast du dir selbst eingebrockt. Hast deine Familie vor der Nase, sie haben Geld, aber statt es von ihnen zu leihen, pumpst du meine Eltern an.«

Yingzhi wurde bleich vor Zorn. In Gedanken fiel sie über ihn her: Du hältst wohl mein Elternhaus für eine Geldverleiherbude? Und außerdem, das Haus bauen wir in deinem Dorf, und wenn es fertig ist, wohnst du darin. Warum sollten meine Eltern uns Geld leihen? Nagen deine Eltern am Hungertuch? Aber Schimpfen bringt nichts, schuld daran ist allein, dass ich den Falschen geheiratet habe. Und das kann ich nicht mehr rückgängig machen. Beim Nachdenken unterwegs wuchs in ihr das Empfinden, dass die Heirat für Frauen entweder Himmel oder Hölle bedeutete. Hatte man den Richtigen gefunden, war es das Paradies, geriet man an den Falschen, die Hölle. Sie war in der Hölle gelandet. San Huos Frau hatte ins Paradies geheiratet, sie dagegen in die Hölle. Sie hasste sich selbst, weil sie das als junges Mädchen nicht bedacht hatte und ohne nachzudenken in diese Ehe gestolpert war. Nicht allein, dass sie einen Faulpelz und Herumtreiber wie Guiqing geheiratet hatte, sie hatte auch noch diese Schwiegereltern am Hals. Was mochte sie in ihrem früheren Leben verbrochen haben, um im jetzigen derart bestraft zu werden.

Verloren in diese Gedanken schritt sie seufzend dahin. Sie marschierte geradewegs in die Kreisstadt, wo sie vorhatte, Wentang aufzusuchen und sich Geld von ihm zu leihen.

Wentang arbeitete in einer Karaoke-Tanzbar namens Titita, »Stoßen und Stampfen«, und war dort für die Tonanlage zuständig. Als er Yingzhi erblickte, fragte er: »Hattest du Sehnsucht nach mir?«

Wentangs unverblümte Direktheit löste ihre innere Verspannung sofort. Ebenfalls lachend sagte sie: »Wie kommst du darauf? Sehnsucht habe ich höchstens nach deinem Geldbeutel.«

»War mir klar. Mit Sehnsucht meinte ich die nach meinem Geld, nicht die nach meiner Person.«

»Ein Teufel bist du, du kannst einen umbringen mit deinem Mundwerk.«

»Ich dachte, du hast nur deinen Hausbau im Sinn. Wie kommt es, dass du Zeit hast, in die Stadt zu kommen?«

»Genau darum geht es. Ehrlich gesagt, Wentang, ich bin wirklich gekommen, um mir von dir Geld zu leihen. Das Haus ist fast fertig, es fehlen nur noch dreitausend Kuai.

Kannst du mir die leihen? Du kriegst sie garantiert nächstes Jahr zurück.«

Wentang sah sie mit schrägem Blick an und lachte: »Leihen kann ich es dir, aber einfach so, ohne Gegenleistung?«

»Ich garantiere dir, du kriegst den gleichen Zins wie auf der Bank.«

»Was soll ich mit den läppischen Bankzinsen?«

»Was ... willst du denn noch?«

Wentang packte und umarmte sie. »Du weißt doch, was Männer im Kopf haben. Wir haben uns immer gut verstanden, aber du hast mich jedes Mal nur am Kuchen knabbern lassen. Soll ich mich damit zufriedengeben?«

Yingzhi lachte: »Du willst ja hoch hinaus. Hast du keine Angst, dass dich deine Frau zum Eunuchen macht?«

»Sie muss ja nichts davon erfahren. Ich sag dir was, Yingzhi, Xiao Hong hatte es auf mich abgesehen, aber ich hab mich nicht darauf eingelassen. So ein Stück Dreck ... Wer traut sich, die zu besteigen? Wenn du dir dabei so eine schmutzige Krankheit holst, kannst du verrecken und weißt nicht mal, warum. Bei dir ist das anders, du hast ein lockeres Mundwerk, aber außer mit Guiqing hast du es noch mit keinem andern gemacht, oder?«

»Ich seh schon, du kennst mich ein bisschen.«

»Aber der Mensch ist aufs Vergnügen aus, stimmt's? So wie Guiqing dich behandelt, ist es die pure Dummheit, ihm die Treue zu halten. Neben ihm noch einen Liebhaber zu haben, wäre doch keine schlechte Sache. Du hättest mehr Spaß am Leben und würdest dich wohler fühlen. Außerdem kann der Liebhaber dir immer mal ein bisschen Geld geben, damit du dir was leisten kannst und, äh, er kann dir Geld für dein neues Haus leihen.«

Yingzhi hatte ihm gewissenhaft zugehört, doch beim letzten Satz musste sie unwillkürlich lachen: »Und ich habe gedacht, du willst mir Wahrheiten über das Leben verraten. Aber am Ende dreht sich alles nur um dich. Ihr Männer seid allesamt wirklich ein übles Pack!«

»Pack oder nicht, was spielt das für eine Rolle? Es reicht doch, dass ich dir das Geld leihe.«

Yingzhi dachte darüber nach und fand, dass Wentang nicht unrecht hatte. Sie hatte ihn nie abstoßend gefunden, und für die kleinen Gefälligkeiten, die sie ihm erlaubt hatte, hatte er immer brav bezahlt. Als Frau hatte sie sich ihr ganzes Leben nach Liebe gesehnt, aber ihre Liebe war gestorben, noch ehe sie richtig aufblühen konnte. Wahrscheinlich sehnte sie sich auch nach familiärer Wärme, aber ihre gegenwärtige Familie war eine Hölle. Da sie weder Liebe noch Familie bekommen konnte, warum sollte sie nicht wenigstens Geld kriegen? Und wenn sich ihr ein Liebhaber anbot, warum sollte sie nicht zugreifen und sich das Leben angenehmer machen?

Diese Ideen schossen ihr blitzartig durch den Kopf. Als hätte Wentang durchschaut, was in ihr vorging, flüsterte er ihr ins Ohr: »Die Separees dort sind leer, keiner wird was davon erfahren.«

Doch die Vorstellung, mit Wentang eine verbotene Beziehung einzugehen, weckte ihr Schamgefühl. Wentang kicherte: »Hätte nicht gedacht, dass du so eine wohlerzogene junge Dame bist.«

Den Ausdruck »wohlerzogene junge Dame« auf sie anzuwenden, fand Yingzhi sehr komisch, unwillkürlich entfuhr ihr ein Kichern, und danach fühlte sie sich vollkommen entspannt. »Scheiß auf die wohlerzogene junge Dame!«, sagte sie.

13. Kapitel

Beim Verlassen der Karaoke-Tanzbar Titita war es bereits nach vier Uhr nachmittags. Das Erlebnis mit Wentang hatte ihr erst zu Bewusstsein gebracht, wie sehr Männer sich unterschieden. Wentang wollte sie zum Abendessen dabehalten, Yingzhi habe ihm ein einzigartiges Erlebnis beschert, sagte er, er wolle sich bei ihr bedanken. Yingzhi lehnte ab. Nicht dass sie das Abendessen nicht gern genossen hätte, aber sie fürchtete, sich zu verspäten. Mit so viel Geld in der Tasche war ihr der nächtliche Heimweg zu unsicher. Wentang stimmte ihr zu, er hielt sie nicht weiter auf, aber um sich als zärtlicher Liebhaber zu zeigen, begleitete er Yingzhi zur Bushaltestelle vor dem Stadttor. Yingzhi gab ihm lachend beim Abschied einen Klaps und sagte: »Spiel nicht die romantische Nummer!«

Auch Wentang lachte: »Ich trenne mich nur ungern vom Geld in deiner Tasche.«

Auf dem Heimweg war Yingzhi regelrecht vergnügt. Das Geld hatte sie in der Tasche ihrer gefütterten Baumwollhose verstaut. Da die Hose ursprünglich ohne Tasche gewesen war, hatte Yingzhi an die Innenseite auf Bauchhöhe ein Stück Tuch eingesetzt und es auf allen vier Seiten fest vernäht, nur in der oberen Naht hatte sie eine etwa fünf Zentimeter lange Öffnung gelassen. Beim Hineinstecken musste sie die Banknoten zusammenrollen und anschließend mit der Hand platt klopfen. Dieser Einfall war ihr während ihrer Auftritte mit der San-Huo-Band gekommen. Erst wenn sie das Geld an ihrem Bauch spürte, fühlte sie sich sicher. Diesmal war das Bündel allerdings ein wenig zu dick gewesen, sie hatte sich lange damit abgemüht, es in die Tasche zu stopfen, und am Ende musste sie sich von Wentang helfen lassen. Die Scheine flach zu klopfen, erwies sich jedoch als unmöglich. Zum Glück war sie wegen des noch recht kühlen Wetters dick angezogen. Ihr Bauch stand zwar ein wenig vor, aber das fiel kaum auf. Wentang hatte ihr zugeflüstert: »Ich habe doch erst einmal mit dir geschlafen, und schon hast du einen dicken Bauch.« Darüber hatte sie lachen müssen. Anschließend hatte sie gedacht, dass ein Sohn nicht unbedingt wichtiger als Geld war. Mit Geld lebte es sich auch ohne Sohn angenehm, bei Geburten, im Alter, bei Krankheit und Tod leistete das Geld seine Dienste. Umgekehrt war ein Leben mit Sohn aber ohne Geld ohne Wert. Was kann der Sohn dir helfen, wenn du wirklich irgendwas dringend brauchst? Während sie so sinnierte, spürte sie, dass vom Geld, das an ihrem Bauch klebte, eine Hitze ausstrahlte, die sie innerlich wie äußerlich wärmte. Die düstere Stimmung, in der sie das Haus verlassen hatte, war auf einmal wie weggeblasen. So, als stiege die Sonne aus ihrem Bauch auf und verwandle ihr Gemüt in einen strahlend klaren Tag.

Als sie nach Hause kam, hatte sich Guiqing, der morgens ausgegangen war, um zu spielen, noch nicht wieder blicken lassen. Das Abendessen war bereits vorbei, und als Yingzhi in der Küche nach etwas Essbarem suchte, fand sich kein Körnchen Reis. Yingzhi konnte ihren aufsteigenden Ärger nicht unterdrücken und ging zur Schwiegermutter. Schlecht gelaunt fragte sie: »Warum habt ihr mir vom Abendessen nichts übrig gelassen?«

»Du bist doch zu deinen Eltern gegangen? Sie haben dir einen Haufen Geld gegeben, und da war keine Schüssel Reis für dich übrig?«, bekam sie zu hören.

Auf diese Abfuhr fand Yingzhi zunächst keine passende Antwort. Erst nach ein paar Minuten sagte sie: »Ich wollte nicht zu spät nach Hause kommen, deshalb habe ich nicht dort gegessen. Ich habe nicht gesagt, dass ich bei meinen Eltern zu Abend esse.«

»Ich koche nur so viel, wie nötig ist. Wenn niemand zum Essen erscheint, verdirbt es, und ich muss es ans Schwein verfüttern. Das wäre doch ein Jammer. Wir sind arme Leute, wir können uns Verschwendung nicht leisten.«

Yingzhi trank aus einer Schale, mit der sie Wasser aus dem Tontopf geschöpft hatte. Die Worte der Schwiegermutter trafen sie wie ein eisiger Windstoß. Er blies die gute Laune, die sie bis vor zehn Minuten gehabt hatte, restlos fort und wirbelte einen bösartigen Impuls in ihr hoch. Sie schmetterte die Schale zu Boden, das restliche Wasser spritzte mit den Scherben in alle Richtungen. »Dann gibt es eben nichts zu essen!«, schrie sie. »Aber warum redest du in diesem komischen Ton mit mir?«

Yingzhis plötzliche Aktion erschreckte die Schwiegermutter derart, dass sie ein paar Schritte zurücktaumelte. Sie stolperte über einen hölzernen Hocker und plumpste mit dem Hintern auf den Boden. Der Schwiegervater kam wegen des Geräuschs herbei, sah seine Frau auf dem Boden sitzen, sah die überall verstreuten Scherben und die Wasserlache und hörte das zornige Gebrüll seiner Schwiegertochter. Auf der Stelle vom Zorn gepackt, verpasste er Yingzhi eine Ohrfeige und begann sie zu beschimpfen: »Du schreckst wohl vor nichts mehr zurück, jetzt schlägst du sogar deine Schwiegermutter! Kennst du überhaupt noch Anstand und Sitte?«

Yingzhi war sich im Klaren darüber, dass sie den Kürzeren ziehen würde, wenn der Schwiegervater erst einmal in Fahrt kam. Daher hielt sie sich die Hände vors Gesicht und rannte weinend in ihr Zimmer. Das Ohnmachtsgefühl war so erstickend, dass das Atmen sie schmerzte. Weder weinen noch schreien noch schimpfen konnten ihr Erleichterung verschaffen. Ihre ohnmächtige Wut entlud sich darin, dass sie mit den Händen wild gegen die Bettkante trommelte, bis ihre Handflächen rot anschwollen.

Guiqing spielte die ganze Nacht hindurch, erst kurz vor der Morgendämmerung kam er nach Hause. Wortlos schubste er Yingzhi auf dem Bett beiseite, ließ sich fallen und war in wenigen Sekunden laut schnarchend eingeschlafen. Yingzhi stieß ihn mit dem Ellbogen ein paarmal in die Seite. Guiqing gab erst ein Grunzen von sich, dann ein obszönes Schimpfwort, und schlief schnarchend weiter.

Yingzhi dagegen fand keinen Schlaf mehr und wartete mit geöffneten Augen auf das Morgengrauen.

Auch nachdem sie gefrühstückt hatte, schlief Guiqing noch immer. Yingzhi machte gemeinsam mit Qianhuo einen Spaziergang durchs Dorf. Unter dem Pagodenbaum vor der Ahnenhalle des Dorfes saßen ein paar Frauen und nähten Schuhsohlen. Als Yingzhi an ihnen vorüberspazierte, riefen sie ihr zu, sie solle sich zu ihnen setzen. Dann sprachen sie davon, dass sie noch nie eine so tüchtige und starke Frau wie Yingzhi gesehen hätten, eine, die selbst Geld verdiente, um ein Haus zu bauen. Die Männer im Dorf seien allesamt unfähig, aber den Frauen bleibe keine Wahl, als in den heruntergekommenen Häusern zu wohnen. Nur bei Yingzhi sei es anders, der Mann tauge nichts, sie aber schon. Die Frauen könnten sich ein Beispiel an ihr nehmen. Yingzhi strahlte beim Zuhören übers ganze Gesicht. Zum ersten Mal hatte sie das Gefühl, sie würde verstanden.

Die Sonne stand schon hoch am Himmel, als Yingzhi den Schwiegervater mit dem Insektizidzerstäuber zur Obstplantage gehen sah. Sie dachte sich, dass Guiqing aufgestanden sein musste, und kehrte mit Qianhuo auf dem Arm nach Hause zurück. Guiqing hatte bereits gefrühstückt und schlurfte lust- und kraftlos durch die Wohnung, offensichtlich ohne zu wissen, was er tun sollte. Yingzhi setzte Qianhuo beim Hereinkommen ab und sagte lächelnd zu Guiqing: »Na, endlich aufgestanden? Nur eine Stunde nach dem Schwein im Pferch.«

Träge antwortete Guiqing: »Was soll man hier schon tun außer schlafen?«

»Na gut«, antwortete Yingzhi, »jetzt gibt es was zu tun. Ich habe gestern das Geld geliehen, du musst heute das restliche Material besorgen.«

Guiqings Augen leuchteten sofort auf, sein Gesicht überzog ein freudiges Lächeln. Yingzhi sah es mit einiger Verwunderung. Irgendetwas stimmte nicht. »Kauf das ein, was auf deiner Liste steht, ich habe überall den Preis dazugeschrieben, mehr darf es auf keinen Fall kosten«, sagte sie.

»Keine Sorge«, antwortete Guiqing, »ich bin Weltmeister im Handeln.«

»Wenn du heute Nachmittag vom Einkauf zurück bist, musst du die anderen benachrichtigen, dass es weitergeht. Je früher wir fertig werden, desto besser.«

»Ich stimme völlig mit dir überein. Ich sehe es genauso.«

Yingzhi holte das Geld hervor, leckte ihre Fingerspitzen, zählte und blätterte Schein für Schein Guiqing in die Hand. »Insgesamt dreitausend Kuai«, sagte sie. »Ich will für jeden Einkauf eine Quittung, ich will abrechnen. Was übrig bleibt, bringst du zurück, das eine oder andere fehlt uns noch, nicht wahr?«

»Ja, das stimmt, da hast du recht. Wir wollen ein gemütliches Zuhause, so eins, wie die Leute in der Stadt haben. Und dazu ist die Luft hier frischer als dort.«

Yingzhi reichte ihm das Geld und schärfte ihm nachdrücklich ein, es gut zu verstauen. Guiqing schlug sich mit der Faust dröhnend gegen die Brust und sagte, den Blick starr auf das Geld gerichtet, ungeduldig: »Du kannst ganz unbesorgt sein, ich garantiere, dass wir in zwei Monaten im neuen Haus wohnen.«

Er riss ihr das Geld förmlich aus der Hand, stopfte es in die Innentasche seiner Jacke und machte sich eilig aus dem Staub. Yingzhi durchzuckte ein ungutes Gefühl, sie begriff nicht, warum er sich so benahm. Sie lief ihm bis vors Tor hinterher und sah seine Silhouette in der Ferne verschwinden. »Komm schnell zurück!«, rief sie ihm nach.

Mit einem ungewohnten Gefühl der Vorfreude wartete Yingzhi ungeduldig im Haus. Der Vormittag verging, ohne dass Guiqing zurückkehrte. Yingzhi war klar, dass der Weg in die Kreisstadt und die Einkäufe an zahlreichen unterschiedlichen Orten nicht an einem halben Tag zu erledigen waren. Während des Nachmittags sah Yingzhi ein ums andere Mal nach ihrem neuen Haus. Vom Balkon des Obergeschosses hatte man den Blick bis zum Ortsausgang, sie hoffte inständig, von dort aus im nächsten Moment Guiqings Silhouette auftauchen zu sehen.

Mindestens fünf Mal wanderte sie hin und her. Am Dorfeingang rührte sich nichts, so gut wie niemand war dort zu sehen. Ihr blieb nichts übrig, als wieder und wieder ihr neues Haus zu inspizieren, sie kannte es in- und auswendig, wusste genau, wo etwas fehlte, wo etwas zu ergänzen war, wo noch Veränderungen vorgenommen werden mussten, welche Bilder an der Wand hängen sollten, all das sah sie klar vor sich. Das Geländer an der Galerie des Obergeschosses musste angebracht werden, doch hier oben zu stehen, vermittelte ihr bereits ein gutes Gefühl. Wenn sie nach unten blickte, konnte sie schemenhaft die Silhouetten ihrer Schwiegereltern in und vor dem Haus umherlaufen sehen. Sie waren wirklich gealtert, ihre Rücken leicht gekrümmt, von Zeit zu Zeit ließen sie ein kürzeres oder längeres Husten hören. In ein paar Jahren würden sie tot sein, und dann würde sie die Herrin zweier Häuser sein. Diese Vorstellung bereitete ihr Vergnügen. Das neue Haus würde in einem halben Monat bezugsfertig sein, nach ihrem Einzug würde sie ihre Tage unbedingt hier auf der Galerie verbringen, die Leute in der Ferne kommen und gehen sehen und hören, wie die Geräusche unter ihr das täglich zunehmende Alter verkündeten. Was für ein schönes Leben wird das sein, dachte sie.

Während sie sich in diesen Zustand innerlichen Glücks verlor, ging die Sonne allmählich unter. Die Dämmerung zog auf, Rinder und Schafe kamen in die Ställe zurück, auf dem Rücken der Rinder saßen ein paar Kinder, die von der Weide ins Dorf zurückkehrten, ihr Schreien und Kreischen drang gedämpft an Yingzhis Ohr, auch Radfahrer huschten vor ihren Augen vorbei. Der deutlich sichtbare Ortsausgang verschwamm allmählich vor ihrem Blick. Schließlich gingen in den Häusern die Lichter an, die Lampen leuchteten schwach, aber das Licht drang durch die Dunkelheit bis zu ihr. Von Guiqing noch immer keine Spur.

Yingzhi wurde nervös, doch sie wusste nicht, was sie dagegen tun konnte. Ihr war nicht danach zumute, etwas zu essen, also lief sie zum Haus von Youjie, um sich nach Guiqing zu erkundigen, aber Youjie war nicht da. Deshalb rannte sie zum Haus von Heipang, aber auch der war nicht daheim. Yingzhis Unruhe wuchs, sie stampfte mit den Füßen und schimpfte: »Wohin hat sich dieser Hundesohn bloß verkrochen?«

Erst gegen Mitternacht tauchte Guiqing auf. Yingzhi lag

niedergeschlagen im Bett und rätselte, welche unvorhergesehenen Schwierigkeiten Guiqing wohl so lange aufgehalten hatten. Als sie ihn rufen hörte, man solle ihm das Tor öffnen, sprang sie voller Erregung aus dem Bett, fand in der Eile die Pantoffeln nicht und rannte barfuß in den Hof, um ihm das Tor zu öffnen. Ohne seine Erklärung abzuwarten, überschüttete sie ihn mit Fragen: »Warum kommst du jetzt erst zurück? Wo sind die Sachen? Hast du alles bekommen? Hattest du Ärger? Haben sie unverschämte Preise verlangt? Wie viel Geld ist noch übrig?« Sie ließ ihm keine Chance zu antworten.

Guiqing blieb unbeweglich vor dem Tor stehen, er wartete, bis sie ausgeredet hatte, und sagte dann mit dumpfer Stimme: »Lass uns drinnen reden.« Als Yingzhi seinen Zustand bemerkte, erfasste sie Panik, und sie fragte hastig: »Was ist passiert? Hast du die Sachen gekauft oder nicht?« Guiqing ging gesenkten Kopfes ins Haus, ohne ihr zu antworten. Yingzhi konnte vor plötzlicher Aufregung kaum mehr atmen, sie zerrte an Guiqing und sagte: »Nun rede schon, ich möchte wissen, was los ist!«

»Willst du partout, dass ich jetzt rede?«

»Ja, auf der Stelle!«

»Gar nichts habe ich gekauft.«

»Und warum nicht?«

»Ich war gerade aus dem Dorf, da habe ich Youjie und ein paar andere getroffen, und sie haben gesagt, wir sollten uns gemeinsam amüsieren gehen, ich könnte am Nachmittag immer noch in die Stadt gehen. Na ja, dann sind wir ins Dorf des Generals gegangen. Und wie wir so Spaß hatten, habe ich alles andere vergessen.«

Yingzhi zitterte vor Zorn: »Nichts, was man dir aufträgt, kriegst du auf die Reihe, nur deinen Spaß, den vergisst du nie. Und was ist mit dem Geld? Los, ich will es zurück, morgen, wenn du einkaufen gehst, kriegst du es wieder.«

»Ich gebe es dir in ein paar Tagen.«

Ein bedrohliches Gefühl durchfuhr Yingzhi. Mit zitternder Stimme fragte sie: »Was soll das heißen?«

Die Frage schien Guiqing zu ärgern, er riss sich los und ging ins Haus. »Hör auf, mich zu fragen!«, sagte er dabei. »Du wirst bloß wütend.«

Yingzhi wurde laut: »Ich will es aber wissen, es ist mein Geld. Ich habe es verdient, und ich will wissen, was damit geschehen ist!«

Guiqings Antwort bestand aus einem Wort: »Verspielt.«

Yingzhi erstarrte. Es übertraf ihre schlimmsten Erwartungen.

Mit betont unbeschwerter Miene sagte Guiqing: »Ich hab dir doch gesagt, du sollst nicht fragen. Ich wusste, du regst dich auf.«

Yingzhi hatte plötzlich das Gefühl, dass rasender Zorn ihr das Blut aus allen Poren ihres Körpers schießen ließ und irgendetwas ihre inneren Organe in Fetzen riss. Sie hatte das Gefühl, verrückt zu werden. Sie gab einen langgezogenen Schrei von sich, stürzte sich wie eine tollwütige Hündin auf Guiqing und zerkratzte ihm mit ihren Fingernägeln das Gesicht. Sofort quoll Blut hervor und sickerte in Striemen über seine Wangen. Guiqing hielt sich die Hände vors Gesicht, aber er wehrte sich nicht. Yingzhis zu Krallen gekrümmte Finger streckten sich zu Handflächen, die wie Peitschen auf Guiqing niederklatschten, dabei kreischte sie hysterisch: »Gib's mir zurück! Gib mir mein Geld zurück!« Ihre Stimme klang schrill wie die einer Wahnsinnigen. Guiqing sah sie entsetzt an und wusste nicht, was als Nächstes geschehen würde. Er dachte nicht dran zurückzuschlagen.

Die Schwiegereltern hörten den lautstarken Streit. Sie kamen in hastig übergeworfener Kleidung herbei, um zu sehen, was los war, traten ins Zimmer und sahen, wie Yingzhi auf ihren Mann einschlug.

Als sie die Striemen auf dem Gesicht ihres Sohnes sah, kreischte die Schwiegermutter entsetzt auf: »Du willst ihn umbringen! Guiqing, mein Sohn, wann schlägst du dieses bösartige Weib endlich tot?«

Guiqing hielt sich das Gesicht, das Geschrei seiner Mutter schien ihn wachzurütteln, vermutlich rief es ihm etwas ins Gedächtnis zurück. Yingzhis an Wahnsinn grenzende Verfassung weckte in ihm für einen Moment Gewissensbisse. Er wagte nicht, ihr ins Gesicht zu sehen, stattdessen brüllte er seine Mutter an: »Das geht dich nichts an! Sie schlägt mich, weil ich es will!«

Der Schwiegervater schlug mit der Faust auf den Tisch in der guten Stube und begann ihn zu beschimpfen: »Du runtergekommener Schlappschwanz! Bist du überhaupt ein Mann? Deine eigene Frau ohrfeigt dich, und statt sie totzuprügeln, schämst du dich nicht, so was zu sagen?«

Guiqing drehte sich um und schrie seinen Vater an: »Sie ist meine Frau, warum sollte ich sie totschlagen? Mir gefällt es eben, dass sie mich ohrfeigt und mir das Gesicht zerkratzt. Was geht das euch an?«

Guiqings Gebrüll machte seine Eltern wirr im Kopf. Zwei trübe Augenpaare blickten sich ein paar Sekunden lang an, dann kehrten die beiden Alten seufzend, schimpfend und brummelnd in ihr eigenes Zimmer zurück.

Yingzhi hatte regungslos danebengestanden, als Guiqing seine Eltern anschrie. Sie hatte nicht klar verstanden, was er gebrüllt hatte, sie hatte nur die Empfindung, dass ihr Kopf zu explodieren drohte, ohne dass sie begriff, warum. Sie hatte keine Ahnung, was sie tun sollte, und in dieser Stumpfheit setzte sie sich in Bewegung und marschierte los. Ihr Blick war zufällig zum Hoftor gerichtet, also ging sie durch das Hoftor hinaus.

Guiqing rief ihr irgendetwas hinterher, sie reagierte nicht.

Sie ging einfach immer geradeaus, weiter und weiter, plötzlich spürte sie, wie ihre Füße schmerzten, sie sah an sich hinunter und bemerkte, dass sie barfuß war. Warum habe ich keine Schuhe an?, dachte sie. Als sie darüber nachdachte, kehrte in ihr Gedächtnis zurück, was gerade geschehen war. Ein lautes, schmerzerfülltes Heulen kam aus ihrer Kehle. Schluchzend ging sie Schritt für Schritt weiter, ihre Tränen tropften auf die Dorfstraße.

Der einzige Ort, wohin sie sich flüchten konnte, war ihr Elternhaus. Aber welche Hilfe konnten ihre Angehörigen ihr bieten? Sie trösteten sie mit dürren Worten und schimpften lauthals auf Guiqing. Anschließend redeten sie ihr gut zu, sie solle es nicht zu tragisch nehmen, sie müsse es um Qianhuos willen aushalten. Und am Ende erklärten sie, es sei nun mal ihr Schicksal.

Damit konnte sich Yingzhi nicht abfinden. Mit erhobener Stimme erklärte sie: »Warum soll das mein Schicksal sein? Kann ich es nicht selbst ändern? Ich will mich scheiden lassen!«

Ihr Vater sprang als Erster auf: »Den ganzen Tag dieser Zirkus, wegen dir verliert die ganze Familie das Gesicht, und jetzt auch das noch. Den Teufel wirst du tun, dich scheiden zu lassen! Wenn du's wagst, brech ich dir die Beine!«

Seine Worte wirkten wie Hammerschläge auf die Anwesenden, keiner wagte etwas zu sagen. Yingzhis Mutter, die ihre Tochter liebte, aber auch nicht wusste, wie sie ihr helfen sollte, bemühte sich nach Kräften, ihr gut zuzureden. »Yingzhi, meine Kleine, zugegeben, das Schicksal meint es nicht besonders gut mit dir, aber egal, wie hart es für dich ist, es liegt nicht in deiner Macht, du musst dich damit abfinden. Was kannst du schon dagegen tun? Wenn du die Scheidung verlangst, dann wirfst du das ganze sauer verdiente Geld für den Hausbau auf den Müll. Meine Kleine, ist das denn eine Scheidung wert?«

Was ihre Mutter sagte, versetzte Yingzhi einen Schock und ließ sie eine Weile verstummen. Es stimmte, sie konnte sich nicht scheiden lassen. Die Leiden und Plagen der letzten Jahre wären alle umsonst gewesen. Ihr Haus, ihre Träume würden wie eine Seifenblase zerplatzen. Womöglich würde Guiqing eine neue Frau finden, die dann mit stolzgeschwellter Brust in ihr unter unendlichen Mühen erbautes Haus einziehen würde. Diese Schmach wäre unerträglich. Yingzhi fand keine Lösung, sie konnte sich nur in ihrem Zimmer einschließen und weinen. Sie weinte, bis ihre Augen rot anschwollen. Vor Weinen vergaß sie das Essen.

Gegen Abend hatte sie sich müde geweint, ihre Augen gaben keine Tränen mehr her. Noch immer hatte sie nicht die geringste Vorstellung, wie es weitergehen sollte. Sie lag schlaff und erschöpft auf dem Bett und spürte nur Ekel und Verdruss.

Ihre Mutter klopfte an die Tür. Yingzhi glaubte, sie wolle sie wieder zum Essen rufen, und reagierte nicht. Durch die Tür rief die Mutter: »Yingzhi, Chunhui ist heute aus dem Süden zurückgekehrt und kommt extra vorbei, um dich zu sehen.«

»Chunhui?« Völlig verdattert setzte sich Yingzhi im Bett auf. Sie erinnerte sich daran, was der Sohn der Familie Liu im Dorf Yanhui letztes Jahr erzählt hatte. Vor ihrem inneren Auge tauchte das Bild Chunhuis auf, wie sie in ihrem Wagen durch Schluchten von Hochhäusern fuhr. Yingzhi sprang hastig vom Bett, rannte ohne Rücksicht auf ihre schmerzenden Füße zur Tür und riss sie auf. Vor ihr stand tatsächlich Chunhui. Yingzhi stürzte sich auf sie, umarmte sie wie einen lange ersehnten Liebhaber und sagte tränenüberströmt: »Chunhui, du bist es. Bist du es wirklich? Wirklich?«

Für Chunhui kam diese stürmische Begrüßung offenbar zu überraschend, sie befreite sich aus Yingzhis Umarmung und zog sie mit sich in das Zimmer. Sie trug nach wie vor eine

Brille, aber jetzt eine mit Goldrand. Sie war leicht geschminkt und trug westliche Kleidung, sie sah rundum aus wie eine Städterin. »Was ist los mit dir?«, fragte sie Yingzhi, »du warst doch früher nicht so.«

Yingzhi antwortete nicht, sie hatte nur Chunhuis Wagen im Kopf und fragte voller Ungeduld: »Ich habe gehört, du hast ein Auto. Wie viel Tausend Kuai verdienst du im Monat?«

Chunhui lächelte dünn: »Wovon redest du? Ich bin noch nicht mal mit der Uni fertig.«

»Wie kommt dann der Liu aus Yanhui darauf, dass du mit deinem Auto gekommen bist, als du all die Leute zum Essen eingeladen hast?«, fragte Yingzhi.

»Ach das? Das war in den Sommerferien, da habe ich in einer Firma gejobbt. Ich habe für sie einen Entwurf gemacht, und ausgerechnet damit hat der Chef Geld verdient. Da hat er mir eine kleine Prämie gegeben. Das Auto war gar nicht meins. Während der Ferien haben wir rumgehangen, da habe ich mir mit den Leuten einen Spaß erlaubt.«

Yingzhi glaubte ihr nicht, missvergnügt sagte sie: »Warum machst du mir was vor? Hast du Angst, ich will dich anpumpen?«

Leicht aufgeregt antwortete Chunhui: »Du wärest die Letzte, der ich was vormache. Damals, als wir nachts auf dem Heimweg die Straße entlanggegangen sind, wäre ich womöglich ein paarmal in den Fluss gefallen und ertrunken, wenn du mich nicht festgehalten hättest.«

Das zu hören, freute Yingzhi. Sie war sich nun sicher, dass Chunhui sie nicht hinters Licht führte und nichts vergessen hatte. Erst jetzt erinnerte sie sich an Chunhuis Frage zu Beginn, und unwillkürlich gab sie einen langen Seufzer von sich.

Chunhui reagierte darauf und sagte: »Deine Mutter hat mir erzählt, was mit dir los ist. Dein Mann behandelt dich schlecht, trinkt und spielt, und noch dazu schlägt er dich.

Er hat eine so gut aussehende und fähige Frau gekriegt, wie bringt er's übers Herz, dich zu prügeln? Wenn du es nicht aushältst, lass dich scheiden.«

Yingzhi hatte das Gefühl, dass endlich jemand auf der Welt sie verstand, und antwortete: »So einfach ist es nicht. Mit ihm habe ich noch nicht darüber gesprochen, aber als ich es meinen Eltern gegenüber auch nur erwähnt habe, sind sie wie Dampfkessel explodiert. Mein Vater hat gedroht, dass er mir die Beine bricht. Wie soll ich mich da scheiden lassen? Und außerdem habe ich mein ganzes verdientes Geld aufgebraucht, um dort ein neues Haus zu bauen, das ist aber noch nicht fertig. Es gehört doch seiner Familie, wenn ich mich scheiden lasse, oder? Ach, es ist zum Kotzen, ich weiß wirklich nicht, wie es weitergehen soll. Am besten wäre, einfach Schluss zu machen, dann ist es vorbei.«

»Lass um Himmels willen diese dummen Gedanken, es ist dein Leben. Wenn du tot bist, dann vergießt er, selbst wenn er ein anständiger Kerl wäre, höchstens ein paar Tränen, und wenige Tage später findet er eine andere junge, hübsche Frau und ist über deinen Tod gar nicht mehr traurig. Das ist die dümmste aller Lösungen.«

»Chunhui«, sagte Yingzhi, »du hast studiert, was von der Welt gesehen, sag mir bitte, was ich tun soll.«

»Eine, die so fähig ist wie du und noch dazu gut aussieht, die kommt überall zurecht. Sie braucht sich nicht an so einen Kerl zu klammern. Wenn du dich nicht scheiden lassen willst, aber auch nicht mit ihm zusammenbleiben kannst, dann hau einfach ab. Geh in den Süden und such dir Arbeit. So viele Leute vom Land haben im Süden ihr Auskommen gefunden. Der Süden ist offen, dort was auf die Beine zu stellen, macht viel mehr Vergnügen als hier in unseren rückständigen und vernagelten Dörfern.«

Was Chunhui sagte, war für Yingzhi wie ein Licht, das plötzlich ihr dunkles Gemüt erhellte. Warum bin ich nicht selbst darauf gekommen?, dachte sie. »Weggehen, die große bunte Welt kennenlernen, das wäre doch was. Soll ich mein ganzes Leben hier versauern, es damit zubringen, Qianhuo aufzuziehen und mich zu Tode zu ärgern? Was habe ich davon?«

Von diesen Gedanken erregt fragte sie Chunhui: »Stimmt das wirklich, was du da erzählst? Ist es wirklich so toll, im Süden zu arbeiten?«

»Eine Menge Leute haben dort richtig gute Arbeit gefunden, selbst solche, die schielen oder hinken, erst recht eine wie du. Ich sage dir ehrlich, du vergeudest dein Leben, wenn du dich hier verkriechst, anstatt in die Welt hinauszugehen und dich umzugucken.«

»Da hast du recht, vollkommen recht. Ich will mein Leben nicht vergeuden.«

An diesem Abend unterhielten sich die beiden bis spät in die Nacht. Chunhui versprach, sich zunächst nach einem für Yingzhi passenden Ort umzusehen, wo Arbeitskräfte gesucht wurden. Sie würde Yingzhi benachrichtigen, sobald sie etwas in Erfahrung gebracht hatte, Yingzhi sollte sich dann umgehend auf den Weg machen. Sie notierte ihr sogar auf einem Zettel, welchen Zug sie nehmen, wo sie aussteigen und wie sie mit ihr Kontakt aufnehmen sollte. Yingzhi hatte noch nie in ihrem Leben in einem Zug gesessen, bei ihnen auf dem flachen Land gab es keine Eisenbahn. Züge hatte sie nur ein paarmal gesehen, wenn sie in Hankou gewesen war. Chunhui informierte sie, dass die Zugfahrt in den Süden von Hankou aus losging und einen Tag und eine Nacht dauerte.

Yingzhi barg den Zettel an ihrer Brust und sagte zu Chunhui: »Dieses Stück Papier ist mein Talisman und Lebensretter.«

Beim Abschied von Chunhui hatten sich Yingzhis innere Knoten gelöst, ihr gesamter Körper hatte sich entspannt, und in ihrem Magen machte sich knurrend Hunger bemerkbar. Daher lief sie in die Küche, entfachte in aller Eile das Herdfeuer, kochte Nudeln im großen Eisentopf und verschlang im Schein des langsam erlöschenden Feuers gierig drei ganze Schalen, bis sie so vollgestopft war, dass sie ein paarmal kräftig furzen musste.

Noch vor dem Morgengrauen machte sich Yingzhis Vater mit dem Ochsen auf den Weg zur Feldarbeit. An der Straßenkreuzung traf er auf Guiqing, der mit dem Fahrrad unterwegs war. Als er Yingzhis Vater erblickte, sprang er hastig vom Rad und rief ihn an: »Papa, schon auf dem Weg zur Arbeit!«

Yingzhis Vater antwortete nicht direkt, sondern sagte nur missmutig: »Yingzhi ist schließlich auch ein Mensch. Du hast doch gewusst, dass sie mitten in der Nacht hierher unterwegs war, warum hast du sie nicht mit deinem Ding da hergefahren? Hast sie wohl mit Absicht sich die Füße blutig laufen lassen?«

Erst jetzt fiel Guiqing ein, dass sie letzte Nacht barfüßig aus dem Haus gerannt war, und ihm wurde plötzlich unwohl zumute. Für einen Moment wusste er nicht, was er antworten sollte. Yingzhis Vater ging, ohne anzuhalten, weiter und trieb den Ochsen vor sich her. Erst nach ein paar Schritten drehte er sich um und sagte: »Die eigene Frau zu schlagen, dazu braucht es einen guten Grund. Was hast du davon, sie zu verprügeln? Rennt sie weg und lässt dich allein, hast du den Schaden. Wenn du so alt bist wie ich, wirst du kapieren, dass du ohne sie schlechter lebst als ein Hund.«

Guiqing rechtfertigte sich eifrig: »Ich habe sie diesmal nicht geschlagen, sie hat mich geschlagen.«

»Du hast ihr geliehenes Geld verspielt, das Recht war auf ihrer Seite. Es ist dir recht geschehen.«

Er trieb mit einem Zuruf den Ochsen an und ging davon, ohne sich weiter um Guiqing zu kümmern. Stehen gelassen stand er benommen eine Weile da und dachte nach. Am Ende fluchte er: »Ich habe kein Recht, sie zu schlagen, aber sie darf mich schlagen? Du kannst mich mal!«

Als er Yingzhis Zimmer betrat, schlief sie noch fest. Chunhuis Vorschlag hatte sie derart elektrisiert, dass sie die halbe Nacht lang keinen Schlaf gefunden hatte. Yingzhi träumte viel und häufig, dieses Mal sah sie sich wieder und wieder im Zug sitzen. Der Zug raste durch eine grüne Wildnis, sein gellendes Pfeifen ließ Himmel und Erde erzittern. Guiqing bemerkte, dass ihre Füße unter der Bettdecke hervorschauten, und sah, dass sie mit Küchentüchern umwickelt waren. Das Blut war durchgesickert und wulstartig geronnen. Was ist denn so großartig daran, erst mit mir zu zanken und sich dann die Füße blutig zu laufen?, dachte er. Währenddessen begann Yingzhi, noch immer träumend, vor sich hin zu lachen. Das brachte Guiqing ein wenig aus dem Gleichgewicht: Ich habe deine dreitausend Yuan verspielt, dachte er, und du hast mir ein paar Ohrfeigen verpasst, mehr ist dabei für dich nicht herausgesprungen. Was gibt es da zu lachen?

14. Kapitel

Spazierte man gemächlich am Flussufer entlang, sah man die Zweige der Weidenbäume auf beiden Uferseiten senkrecht aufs Wasser herabhängen. Das zarte grüne Gras begnügte sich nicht mehr damit, seine Spitzen aus der Erde zu strecken, es war mit dem Fortgang der Jahreszeit hochgeschossen und bedeckte wild wuchernd beide Ufer. Der gelbe Lehm des Trampelpfades, den die Rinderhirten durchs Gestrüpp getreten hatten, glänzte im Sonnenlicht.

Auf diesem Pfad schob Guiqing, sorglos schlendernd, sein Fahrrad neben sich her. Auf dem Gepäckträger saß unbeweglich Yingzhi, beide Füße mit bunten Baumwolllappen umwickelt. Ursprünglich hatte sie hartnäckig abgelehnt, sich auf den Gepäckträger zu setzen, und gesagt: »Ich gehe, wie ich gekommen bin.« Mit seinem spitzbübischen Grinsen hatte Guiqing geantwortet: »Gestern hast du mich geohrfeigt, und ich habe nicht zurückgeschlagen, heute bin ich extra angeradelt, um dich abzuholen, du musst mir jetzt auch die Chance geben, was gutzumachen.«

Yingzhi hatte in sich hinein gebrummt und bei sich gedacht: Die dreitausend Kuai, die du bis auf den letzten Fen verspielt hast, machst du auf diese Weise nicht quitt. Aber sie besann sich, schließlich kostete es sie nichts, ihm eine Chance zu geben.

Auf dem Pfad war es still und menschenleer. Es war später Vormittag, die Rinderhirten und Feldarbeiter waren längst bei der Arbeit, die Nichtstuer saßen im Dorf an den Spieltischen, niemandem stand der Sinn danach, durchs Gelände zu streifen. Der Weg durch die menschenleere Landschaft war so still, dass man meinte, das Gras wachsen und die Knospen aufspringen zu hören. Als Guiqing auf den kleinen Pfad abgebogen war, hatte sich Yingzhis Gemüt geweitet, und sie hatte aufgehört, sich mit Guiqing wegen des Geldes zu zanken. Stattdessen tauschten sie Klatsch über andere Leute aus. Sie unterhielten sich so heiter und entspannt, als wäre am Tag zuvor nichts geschehen, sie spazierten das Flussufer entlang, als wären sie ein Liebespaar. Guiqing kam das seltsam vor, er war innerlich angespannt, für ihn war Yingzhi schwer durchschaubar, und er wusste nicht, welches Unheil sich hinter ihrem fröhlichen Verhalten zusammenbraute.

Natürlich verfolgte Yingzhi eine Absicht. Sie bewahrte Haltung, sie war sich im Klaren darüber, wie wichtig Guiqing für sie war. Ihrem Gefühl nach bestand ihr einziger Ausweg darin, in den Süden zu gehen und dort zu arbeiten. Ihre Tage weiter mit ihm und den Schwiegereltern im Alter-Tempel-Dorf zu verbringen, bedeutete ein Leben, das ärger war als der Tod. Aber sie fürchtete sich davor, allein in den Süden zu gehen, besser wäre es, wenn Guiqing sie dorthin begleiten würde. Wenn er seine Eltern verließe, müsste er auf Yingzhi hören, ihm bliebe keine andere Wahl. Und außerdem würde er sich kaum vor der Arbeit drücken können, wenn er erst einmal in der Fabrik angestellt war. Wenn die Schwiegereltern dann gestorben wären und sie das Leben in der Fremde satthätten, wäre es nicht schlecht, zurückzukehren und ein unauffälliges

Leben zu führen. Yingzhi fand ihren kleinen geheimen Plan rundum befriedigend.

Die Aussicht am Flussufer war zwar schön, aber diese Schönheit hatte etwas Gewohntes und Unveränderliches. Hinzu kam, dass Guiqing nicht zu dem Menschenschlag gehörte, der eine schöne Landschaft zu genießen wusste. Auch die Frau neben ihm hatte den Reiz des Neuen längst verloren, sie war seine Ehefrau, und er hatte sie schon ein wenig satt. »Bloß hier rumzulaufen ist doch langweilig. Gehen wir auf die Hauptstraße.«

Auch Yingzhi fühlte sich ziemlich erschöpft und seiner überdrüssig, aber vor Guiqing spielte sie das Gegenteil: »Wieso langweilig? Die Aussicht hier am Fluss ist so schön, und wann haben wir schon mal Zeit für uns allein. Chunhui, meine Klassenkameradin, hat mir erzählt, dass Mann und Frau in der Stadt jeden Tag Hand in Hand durch die Straßen bummeln. Sie sind voll bei der Sache, dabei haben sie keine so schöne Aussicht. Sie nennen das spazieren gehen.«

Guiqing lachte: »Das sind Leute, die im Büro arbeiten, oder? Wir arbeiten nicht im Büro. Wir sind Bauern. Wenn ein Bauer mit seiner Frau Hand in Hand auf der Straße rumläuft, fallen den Leuten im Dorf vor Lachen die Zähne aus dem Mund. Und wir Männer könnten uns nirgends mehr sehen lassen.«

»Die Bauern sind eben rückständig«, sagte Yingzhi. »In der Stadt wissen die Männer, wie man Frauen eine Freude macht. Egal worum es geht, immer lassen sie den Frauen den Vortritt, sagt Chunhui. Das heißt Zivilisation.«

»Ist doch komisch, Zivilisation soll heißen, dass ihr Frauen bei allem besser dran seid? Und was haben wir Männer von der Zivilisation? Na, dann will ich keine.«

»Dein Hirn könnte ein wenig Fortschritt vertragen. Würde dir guttun, in den Süden zu gehen und dich ein bisschen umzusehen, dir anzuschauen, wie sich die Männer da unten benehmen.«

Guiqings Gelächter steigerte sich: »Was soll ich denn da unten? Was bringt es mir, in den Süden zu gehen? Hast du nicht gehört, dass die Männer im Süden, sobald sie es zu was gebracht haben, sich eine Zweitfrau zulegen? Willst du, dass ich das auch tue?«

Yingzhi wurde ärgerlich. »Wenn man mit dir über irgendetwas redet, denkst du sofort etwas Schlechtes. Daran, dass die Männer dort im Süden einen Haufen Geld verdienen können, denkst du nicht.«

»Hör zu, Yingzhi, jetzt mach mal 'nen Punkt. Aus mir wird kein Großverdiener, nicht einmal im Dorf bring ich's zum reichsten Mann. Egal womit ich mein Geld verdiene, es wird immer jemanden geben, der reicher ist als ich, und du wirst immer auf diejenigen schielen, die noch mehr Geld haben. Warum soll ich mich dafür abrackern? Außerdem sind wir im Dorf keine armen Leute, wir leben doch alle anständig. Wozu soll ich mir das antun, ich bin doch nicht verrückt.«

Bei sich dachte er: Aha, deshalb zerrt sie mich hier durch die Gegend, sie will mich dazu kriegen, in den Süden zu gehen und Geld zu verdienen. Ich fühle mich wohl hier im Dorf, ich kann mich nach Lust und Laune amüsieren oder arbeiten, wenn mir danach ist. Da unten muss ich Tag und Nacht schuften und mich noch dazu vom Chef anschnauzen lassen, da dreh ich durch.

Yingzhi war mehr als wütend, sie hasste ihn. Sie begriff nicht, warum Guiqing derart willenlos war. Ein hoffnungsloser Fall. »Kannst du dich nicht mal ein bisschen anstrengen?«, fragte sie ihn. »Du glaubst, bei dir wäre alles in Ordnung. Dein Haus ist zur Hälfte fertig, und das Geld ist alle, ein Scheißdreck ist in Ordnung!«

Guiqing hatte darauf gewartet, dass sie früher oder später das Geld für den Hausbau aufs Tapet bringen würde. Er wollte hören, wie sie die Angelegenheit anzugehen gedachte, und sagte deshalb: »Wir sind schließlich nicht obdachlos. Wenn wieder Geld da ist, bauen wir weiter.«

Damit brachte er Yingzhi noch mehr in Rage. Chunhuis wunderbare Zukunftsvision konnte sie nun nicht mehr bremsen. »Wenn, wenn ... dieses Wenn gibt es nicht. Glaubst du, ich habe das Geld auf der Straße gefunden? Ich muss es zurückzahlen. Hast du beim Spielen jemals daran gedacht, wie viel Blut und Schweiß es deine Frau gekostet hat, Geld zu verdienen? Dass sie sich den Arsch aufgerissen hat, um Geld nach Hause zu bringen? Und dass sie, als es nicht gereicht hat, die Schande auf sich nehmen musste, von anderen Leuten Geld zu leihen? Hast du jemals darüber nachgedacht?«

Ungerührt antwortete Guiqing: »Was gibt es da nachzudenken? Mal verliert man beim Spielen, mal gewinnt man, ich habe eben Pech gehabt, diesmal war Verlieren angesagt. Soll ich etwa nicht zahlen? Man kann sich vor allem drücken, aber nicht vor Spielschulden, kapierst du das?«

Yingzhis angesammelte Wut entlud sich: »Was redest du für einen Mist! Ohne das Spielen geht es wohl nicht?«

Guiqing schoss knallhart zurück: »Was soll ich denn sonst tun, außer spielen? Soll ich mich vielleicht wie ihr vor den Leuten ausziehen und ihnen was vorsingen?«

Yingzhi hätte ihn am liebsten geohrfeigt, aber ihr war bewusst, dass Guiqing nicht zu den Nachgiebigen gehörte, wenn es hart auf hart ging. Wenn sie jetzt Krach schlug, würde letztlich sie draufzahlen. Daher zwang sie sich mit aller Kraft, ihre Wut im Zaum zu halten. Sie durfte ihr Ziel nicht aus den Augen verlieren. Es ging ihr nicht darum, mit Guiqing zu streiten, sondern darum, in den Süden zu gehen. Dort lag das Paradies, nach dem sie sich sehnte.

Sie biss die Zähne zusammen und schluckte alle Beschimpfungen, die ihr auf der Zunge lagen, hinunter. In betont ruhigem Ton sagte sie: »Weiter zu streiten bringt keinem was. Ich schulde jetzt jemandem Geld und muss es zurückzahlen. Da du nicht bereit bist, fortzugehen und Geld zu verdienen, muss ich es tun.«

Freudig stimmte Guiqing zu: »Prima, ich wusste doch, dass du einen Weg findest, das Geld wieder zu verdienen. Meine Unterstützung hast du.«

Darauf war Yingzhi nicht gefasst: »Wirklich? Du willst mich wirklich unterstützen?«

»Aber klar doch! Warum soll ich dich nicht unterstützen, wenn du mein ›Bäumchen schüttel dich‹ sein willst. Du kannst alles machen, nur nicht als Fräulein dein Fleisch verkaufen, das verbiete ich dir.«

Yingzhi fühlte sich erleichtert und sagte: »Na gut, nächsten Monat gehe ich.«

Guiqing begriff nicht: »Du gehst? Wohin denn?«

»In den Süden, zum Arbeiten. Viele verdienen da ihr Geld, meine Klassenkameradin Chunhui ist auch dort, sie hilft mir, Arbeit zu finden.«

Guiqing schrie auf: »Mach keine Witze! Daher weht also der Wind, du möchtest dich verdrücken. Hältst du mich für einen Trottel? Ich steh hinter dir, wenn du zu Hause Geld verdienst. Aber in den Süden gehen? Kommt nicht infrage. Glaubst du, ich weiß nicht, womit die Frauen da unten ihr Geld verdienen?«

Yingzhi begriff auf der Stelle, was er meinte, und wusste nicht, was sie noch sagen sollte. »Du, du, du … was bist du bloß für ein Mensch!«

»So einer bin ich nun mal«, antwortete Guiqing. »Bei allem anderen nehme ich es nicht so genau, aber beim Hosenschlitz meiner Frau lasse ich nicht mit mir spaßen, da passe ich höllisch auf. Von dem Geld, das man da unten im Süden verdient, ist bestimmt kein Fen sauber.«

Yingzhi war völlig ratlos, wie sie mit Guiqing weiter verfahren sollte. Sie verstummte, sprang plötzlich mit einem Satz vom Fahrrad und stürmte, den Blick nach unten gerichtet, zu Fuß den Weg voran. Schon beim Aufprall auf dem Boden schmerzten ihre Füße unerträglich, aber nach wenigen Schritten richtete sie sich auf, beschleunigte ihre Schritte immer mehr, als würde die dramatische Veränderung ihrer inneren Verfassung sie vorantreiben. Selbst die Landschaft vor ihren Augen veränderte ihre Farben.

Guiqing folgte ihr, das Fahrrad schiebend, und rief: »He, warum so eilig? Eile führt ins Krematorium!«

»Dort fühle ich mich womöglich besser als bei euch. Hör zu, Guiqing, ich sag es dir klipp und klar: Wenn du die Sache so siehst, kann ich unmöglich weiter mit dir zusammenleben.«

»Ist ja gut, schon gut, ich hab nur Spaß gemacht. Was willst du nun eigentlich?«

»Es gibt nur zwei Möglichkeiten: Entweder du holst dir Geld von deinen Eltern, und wir bauen das Haus damit fertig, oder ich gehe zum Arbeiten in den Süden. Eine dritte Möglichkeit gibt es nicht, basta!«

»Beides ist gleich schwierig. Bei der einen machen meine Eltern bestimmt nicht mit. Bei der anderen mache ich nicht mit. Ich will nicht, dass meine Frau die Familie verlässt. Gibt es nicht doch noch was Drittes?«

»Gibt es«, sagte Yingzhi. »Du gibst mir das Geld zurück, das ich in das Haus gesteckt habe, und danach lassen wir uns scheiden.«

Guiqing schrie auf: »Ah, das ist ja noch heftiger als die ersten beiden. Jag mir bloß keinen Schrecken ein. Da hab ich so eine tolle Frau, eine, die Geld verdienen kann und mich nachts so gut bedient, wie komme ich dazu, mich scheiden zu lassen?«

»Auch gut, dann gehe ich eben auf eigene Faust. Ich habe Hände und Füße und einen Mund, um nach dem Weg zu fragen. Ich gehe so weit weg, dass du mich nie im Leben findest.«

»Stürz uns nicht beide ins Unglück, sei so gut! Ich rede mit meinen Eltern, sobald wir daheim sind. Gut möglich, dass sie nur darauf warten, dass du verschwindest, sie können dich eh nicht ausstehen.«

Daraufhin verlangsamte Yingzhi ihren Schritt und fragte: »Und was ist mit dir? Kommst du mit?«

»Na klar komme ich mit, sonst wirst du mir von einem anderen weggeschnappt, und ich schaue in die Röhre.«

Das Rad schneller schiebend holte er Yingzhi ein, stellte sich ihr in den Weg, hob sie hoch und setzte sie auf den Gepäckträger. Lachend sagte er: »Aber jetzt kommst du erst mal mit mir, einverstanden?«

Vom gegenüberliegenden Flussufer sah ein Hirtenjunge, wie die beiden miteinander rangelten, und begann lauthals zu singen: »Im Osten geht die Sonne auf, im Westen geht sie unter, der Bursche ganz von Glut entbrannt, ist dem Mädel nachgerannt und möchte sie gern küssen, sein Pech ist nur, sie will von ihm nichts wissen.«

Guiqing schimpfte lachend zu ihm hinüber: »Du kleiner Stinker, ein Zwerg mit großer Klappe.«

15. Kapitel

Den ganzen Sommer hindurch diskutierte Yingzhi mit Guiqing über ihre Fahrt in den Süden, um Arbeit zu suchen. Eigentlich hatten sie am Flussufer vereinbart, dass er die Angelegenheit mit seinen Eltern besprechen würde, aber kaum war er zu Hause angelangt, wollte er davon nichts mehr wissen. Warum soll ich mir jetzt, wo wir uns wieder vertragen, Ärger aufladen?, dachte er. Daher drückte er sich vor einer Aussprache. Yingzhi war erbost und begann so zu tun, als sei er nicht vorhanden. Tagsüber war das Guiqing egal, er ging wie eh und je seinen Vergnügungen nach. Nachts war es allerdings eine andere Sache, er ertrug es nicht, einsam wie ein Toter im Bett zu liegen und zu schlafen, ohne dass jemand auf seine Bedürfnisse einging. Daher bestürmte er Yingzhi mit Zärtlichkeiten und schwor wieder und wieder hoch und heilig, er werde sein Versprechen einlösen. Aber mit Anbruch des nächsten Tages waren die Schwüre vergessen, er brachte in Anwesenheit seiner Eltern den Mund nicht auf. Bis er endlich eines Tages, als seine Schwester nach Hause gekommen war, um das Schulgeld abzuholen, und alle fröhlich am Frühstückstisch saßen, die gute Laune der Eltern ausnützte und die Angelegenheit zur Sprache brachte: Er habe vor, gemeinsam mit Yingzhi in den Süden zu gehen und Arbeit zu suchen. Guiqings Schwester hatte durch ihren Aufenthalt in der Kreisstadt allerhand gehört und ihren Gesichtskreis erweitert, sie unterstützte den Vorschlag auf der Stelle. Der Bruder müsse sich in der Welt umsehen, selbst wenn er von dort nicht das große Geld nach Hause brächte. Die Eltern lehnten das kategorisch ab. »Ich weiß Bescheid«, sagte der Vater, »es sind unsere Leute aus dem Dorf, die da unten arbeiten und verrecken, wenn in diesen Fabriken Feuer ausbricht und die Gebäude einstürzen. Nicht einmal den Leichnam findet man noch im Ganzen. Ich habe nun mal nur einen Sohn, und es heißt seit jeher, solange Vater und Mutter leben, reist man nicht in die Ferne. Du bleibst brav zu Hause.« Guiqings Mutter stimmte sofort den gleichen Refrain an. Zu Hause könne er in Ruhe und Frieden leben, er müsse sich ums Essen und Trinken keine Sorgen machen. Wozu fortgehen und die Eltern in Sorge und Kummer zurücklassen? Guiqing gab seinen Eltern nur allzu bereitwillig recht, er hatte es hier zu Hause gut, reich waren sie nicht, aber sie nagten schließlich nicht am Hungertuch, warum sollte er von zu Hause fortgehen und im schlimmsten Fall sein Leben aufs Spiel setzen? Er lief sofort auf die Seite seiner Eltern über, während Yingzhi ihm vor allen Anwesenden wütende Blicke zuwarf und selbst seine Schwester erklärte: »Du hast keinen Funken Unternehmungsgeist, du bist wirklich eine Flasche.«

Im Sommer reiften die Birnen in der Obstplantage. Die Birnen von Guiqings Familie sahen zwar nicht besonders aus, aber ihr Fleisch war weiß und süß. Die ganze Familie war mit der Ernte und dem Verkauf der Birnen beschäftigt, sogar Guiqing. Er fand keine Zeit zum Spielen, sondern verbrachte den ganzen Tag in der Obstplantage. Notgedrungen verzichtete Yingzhi darauf, ihn weiter zu drängen. Sie schleppte jeden Tag die von Guiqing und seinem Vater geernteten Birnen zum Verkauf an den Straßenrand. Sie war dazu bereit, weil sie zuvor mit Guiqing vereinbart hatte, dass die Hälfte des eingenommenen Geldes für den Weiterbau des Hauses verwendet werden sollte. Guiqing hatte das vollmundig zugesagt. Deshalb stürzte sich Yingzhi mit Feuereifer in ihre Aufgabe. Sie sah gut aus, ihre Stimme war hell und wohlklingend, und sie verstand zu gefallen. Sobald jemand nur einen Blick auf die Birnen warf, setzte sie ein gewinnendes Lächeln auf, verwickelte die Leute ins Gespräch und machte einen natürlichen und großzügigen Eindruck. So fand sie das Wohlgefallen der Kundschaft und ließ sie die Börse zücken. Ihre Birnen verkauften sich schneller als die aller anderen Straßenverkäuferinnen, keine der anderen Frauen und Mädchen aus dem Dorf, die am Straßenrand Birnen anboten, war so erfolgreich wie sie. Untereinander tuschelten sie, die Frau von Guiqing verkaufe nicht Birnen, sondern ihr hübsches Gesicht. Als ihr das zu Ohren kam, war Yingzhi keineswegs ärgerlich, sie war im Gegenteil einigermaßen geschmeichelt: Alles verkauft sich gut mit einem hübschen Gesicht, wer greift schon nach deinen Sachen, wenn du hässlich bist?, dachte sie.

Im Handumdrehen wurde es wieder Herbst. Die Birnen waren verkauft, Guiqing ging immer seltener in die Obstplantage. Kaum wurde es kühler, saßen die jungen Burschen schon wieder Tag und Nacht am Mahjong-Tisch. Yingzhi hatte in den Pausen während des Birnenverkaufs begonnen, eine Hose und einen Pullover für Qianhuo zu stricken. Als es etwas ruhiger wurde, nahm sie sich einen Tag Zeit, um das Werk zu vollenden, und wandte sich dann wieder dem Haus zu. Sie wollte Herbst und Winter nutzen, um das Haus fertig zu bauen, und nach dem Neujahrsfest wollte sie in den Süden fahren, um sich Arbeit zu suchen. Chunhui hatte ihr geschrieben, dass es die günstigste Jahreszeit sei, um Arbeit zu finden. Das von Guiqing verspielte Geld gehörte Wentang. Für die Rückzahlung mit Guiqings Unterstützung zu rechnen, war aussichtslos, letztlich musste sie die Sache selbst in die Hand nehmen.

Als sich Guiqing an diesem Abend anschickte, das Haus zu verlassen, um Mahjong zu spielen, rief Yingzhi ihn zur Seite: »Die Birnen sind verkauft. Es ist Zeit, von deinen Eltern die Hälfte der Einnahmen zu verlangen!«

»Ich habe ihnen alles gegeben, ich kann es doch jetzt nicht zurückverlangen.«

Yingzhi explodierte: »Wir haben das so ausgemacht, was soll heißen, du kannst es nicht zurückverlangen?«

»Ich habe mit ihnen darüber gesprochen, als ich Vater das Geld gegeben habe. Mutter sagt, dass sie für die Pflege von Qianhuo keinen Fen von uns verlangt haben, dass wir außerdem zu dritt mit ihnen essen und auch dafür nicht bezahlen. Mit dem Birnengeld seien wir jetzt quitt.«

»Was? Soll das heißen, ich soll für meine Schufterei beim Birnenverkauf in der Hitze keinen Fen sehen?«

»Wie kannst du so daherreden? Was ich und du hier im Haus essen, trinken und sonst noch brauchen, zählt wohl nicht? Außerdem ist es Vater, der sich vor allem um die Birnen gekümmert hat, wir haben nur nach der Ernte ein bisschen beim Verkauf geholfen. Dafür die Hälfte des Geldes zu verlangen, ist wirklich ungerecht.«

Vor Zorn am ganzen Körper zitternd nahm Yingzhi eine Teetasse vom Tisch und schmetterte sie zu Boden. Angesichts ihres Zustandes fürchtete Guiqing, der drohende Krach würde ihn am Spielen hindern, und schrie sie an: »Was willst du denn, ich habe doch recht!« Dann verdrückte er sich eilends.

Yingzhis Zittern hielt lange an, sie schrie und tobte eine Ewigkeit, aber das Zimmer war leer, es fehlte der Gegner. In dem Moment kam Qianhuo auf der Suche nach der Mama ins Zimmer. Yingzhi, die jede Kontrolle über sich verloren hatte, griff ihn und begann auf ihn einzuschlagen, bis Qianhuos Wimmern und Schluchzen in wildes Geschrei überging. Die Schwiegereltern stürzten herbei und entrissen ihr unter wüsten Beschimpfungen das Kind.

Dass er grundlos geschlagen worden war, demütigte Qianhuo so sehr, dass er nicht mehr zur Ruhe kommen wollte und in der guten Stube lauthals weiterheulte.

Das jämmerliche Geheul des Kindes und das Geschimpfe der Schwiegereltern zerrten derart an Yingzhis Nerven, dass sie in völlige Hilflosigkeit versank und sich schließlich schluchzend aufs Bett warf. Dabei dachte sie, dass sie auf die Fertigstellung des Hauses nicht mehr zu hoffen brauchte. Daher war es besser, auf der Stelle fortzugehen. Und zwar ans Ende der Welt. Und nie mehr zurückzukehren.

Yingzhi weinte sich gründlich aus, und als sie sich leergeheult hatte, beschloss sie, nie wieder so viele Tränen zu vergießen.

Bedrückt packte sie am nächsten Tag ihre Sachen zusammen. Sie ging davon aus, dass jedes weitere Gespräch mit Guiqing sinnlos war. Er würde mit Sicherheit seine Zustimmung verweigern. Wieso soll ich es von seinem Einverständnis abhängig machen, ob ich fortgehe?, fragte sie sich. Warum muss ich ihn bei allem, was ich tue, fragen, ob er einverstanden ist? Hat er jemals mich gefragt, ob ich einverstanden bin? Wozu brauche ich seine Zustimmung, wenn ich ihn gar nicht mehr als Ehemann haben will? Was geht es ihn an, wie ich mein Leben organisiere? Bei diesen Gedanken kehrte ihre innere Ruhe zurück.

Sie packte ihre Kleidung in einen Beutel, den sie unter ihrem Bett versteckte. Sie plante, vor ihrem Fortgehen ihrem Elternhaus einen Besuch abzustatten. Sie wollte ihre Eltern nur noch einmal sehen, denn sie wusste nicht, wann sie wiederkommen würde. Aber sie wollte ihnen nicht verraten, dass sie vorhatte, in den Süden zu gehen. Damit hätte sie sich ihnen ausgeliefert. So wie die Dinge stehen, dachte sie, ist jedes Wort eines zu viel. Wenn ich ihnen nach meiner Rückkehr aus dem Süden das verdiente Geld überreiche, haben sie keinen Grund mehr, mir böse zu sein.

Nachdem sie sich alles in ihrem Kopf zurechtgelegt hatte, war sie innerlich sehr ruhig. Sie nahm Qianhuo auf den Arm und spazierte ziellos mit ihm durchs Dorf. Der grundlos geprügelte Qianhuo hatte zwar lange seinen Kummer ausgeweint, aber dann sehr schnell vergessen, warum er geweint hatte. Er umklammerte Yingzhis Nacken mit beiden Armen und lachte sorglos vor sich hin.

Yingzhi ging mit Qianhuo auf dem Arm bis zum Dorfausgang, dort setzte sie ihn ab und sah ihm zu, wie er hinter einem Hündchen herstolperte, mit dem er spielen wollte. Plötzlich überkam sie der Gedanke, ob sie und Guiqing durch ihren Weggang einander nicht zu Fremden würden? Die unaufhörlichen kindlichen Rufe Qianhuos: »Mama, Mama«, während er mit dem Hündchen herumtollte, brachten ihre Entschlossenheit ins Wanken. Soll ich wirklich fortgehen?, fragte sie sich.

Yingzhi geriet ein wenig durcheinander, sie nahm Qianhuo auf den Arm, um nach Hause zurückzukehren. Qianhuo hatte sich mit dem Hündchen noch nicht sattgespielt und verlangte quengelnd zu bleiben. Während Yingzhi sich mit dem Kind abmühte, sah sie von weitem auf der Landstraße jemanden auf das Dorf zukommen. Irgendwie schien ihr die Silhouette vertraut. Als sie näher kam, begann Yingzhis Herz heftig zu klopfen. Zuerst fielen ihr die dreitausend Kuai ein, die damals fest an ihrem Bauch geklebt hatten, dann dachte sie an die Affäre im Separee der Tanzbar Titita, und erst ganz zum Schluss wurde ihr bewusst, dass der Ankömmling Wentang war.

Wentang marschierte geradewegs auf sie zu und sprach sie erst an, als er vor ihr stand. Lachend sagte er: »Na, kaum haben wir uns ein paar Monate nicht gesehen, schon erkennst du mich nicht mehr.«

Ebenfalls lachend antwortete Yingzhi: »Dich nicht wiedererkennen? Dich würde ich noch als Asche in der Urne erkennen.«

»Ah, dann ist ja gut. Ist das dein Sohn? Diesen kleinen Bastard hast du wohl in deinem Bauch mit in die Ehe gebracht.«

»He!«, antwortete Yingzhi, »wasch dir gefälligst das Maul, bevor du es aufmachst, er ist in allen Ehren das Kind von Guiqing und mir und kein Bastard.« Wentang sah sich um, und als er feststellte, dass sich niemand in der Nähe befand, sagte er mit einem durchtriebenen Lachen: »Also, wenn ich dir damals so ein Ding in den Bauch geschossen hätte, dann wär's ein kleiner Bastard.«

Darüber musste Yingzhi lachen.

»Ist das neue Haus fertig?«

Das Lachen erstarb auf ihrem Gesicht, es verdüsterte sich, und mit einem Seufzer sagte sie: »Schön wär's.«

»Was denn? Hat das Geld nicht gereicht?«

Yingzhis Augen röteten sich, und erst nach einer Pause sagte sie: »Guiqing ist am nächsten Tag mit dem Geld losgezogen, um Baumaterial zu kaufen, und dann ... hat er den ganzen Tag irgendwo gespielt, und von dem Geld ist kein Fen übrig geblieben.«

Wentang war verblüfft: »Die ganzen dreitausend Yuan hat er verspielt?«

Yingzhi nickte.

»So einer ist dein Ehemann? Kommt er dafür auf? Wie kann ein Mensch das tun?«

»Was soll ich machen? Ich habe einen Riesenkrach geschlagen, aber es hat zu nichts geführt. Er macht einfach weiter. Gerade jetzt sitzt er wieder am Spieltisch.«

»Verflucht noch mal, das geht zu weit! Yingzhi, lass dich scheiden. Hab keine Angst, einen Besseren findest du allemal.«

»Wenn das so einfach wäre. Hören wir auf damit, ich habe keine Lust, darüber zu reden. Warum bist du denn hergekommen? Hör mal, Wentang, es tut mir ehrlich leid, ich kann dir das Geld noch nicht zurückzahlen. Aber verlass dich drauf, ich werde mich nicht drücken.«

Wentang seufzte: »Meine Frau liegt im Krankenhaus, das Geschäft in der Tanzbar läuft seit kurzem auch nicht mehr gut. Eigentlich bin ich hergekommen, um dich zu fragen, ob du mir schon mal einen Tausender zurückgeben kannst. Aber ich sehe, du steckst auch in Nöten, also lassen wir's.«

»Ich danke dir, Wentang«, sagte Yingzhi.

»Aber«, sagte Wentang, »ganz umsonst möchte ich auch nicht hergekommen sein.« Er warf Yingzhi einen provozierenden Blick zu.

Yingzhi wurde rot: »Was willst du denn noch?«

Wentang senkte die Stimme, sah Yingzhi schräg an und sagte: »Was glaubst du?«

Wentangs bedeutungsvoller Blick löste in Yingzhi eine unmittelbare Erregung aus, in ihrem Körper begann das Blut schneller zu kreisen. Zum Fernbus nach Hankou muss ich sowieso in die Kreisstadt, dachte sie. Ich könnte die Eltern heute schon besuchen, morgen die Nacht bei Wentang verbringen und mich dann direkt von dort aus auf den Weg machen. Wenn es morgen Nacht mit Wentang gut läuft, gibt er mir vielleicht noch ein bisschen Geld für unterwegs. Sonst habe ich außer dem Geld für die Zugfahrt gar nichts mehr bei mir. Bei genauerer Überlegung fand sie diesen Plan perfekt.

Wentang war nachgerade vom Himmel gefallen, um ihr zu helfen.

»Wenn ich heute Hals über Kopf mit dir gehe, schlägt mich Guiqing tot, wenn er davon erfährt. Besser, ich gehe heute erst zu meinen Eltern und morgen von dort aus zu dir, was meinst du?«

Wentang überlegte und fand, dass Yingzhi recht hatte. Er lachte und sagte: »Also gut, abgemacht. Eine Nacht stehe ich noch durch, aber länger halte ich es nicht aus.«

Yingzhi lachte: »Ist mir klar. Morgen bekommst du alles, was dein Herz begehrt.«

Lachend und plaudernd begleitete Wentang sie auf dem Weg nach Hause. Kurz vor dem Tor sagte Yingzhi plötzlich: »Meine Schwiegereltern wittern überall Unrat. Wenn ich jetzt mit einem Mann auftauche, zerreißen sie sich garantiert wieder das Maul.«

»Nicht mal einen Schluck Wasser willst du mir anbieten? Immerhin habe ich dir dreitausend Kuai geliehen!«

Yingzhi überlegte kurz, dann sagte sie: »Machen wir's so. Ich führe dich zum neuen Haus. Warte dort auf mich, ich liefere Qianhuo zu Hause ab und bringe dir dann was zu trinken. Ich werde ihnen sagen, du wärst gekommen, um das Haus zu besichtigen.«

Mit einem Seufzer antwortete Wentang: »Ach, Yingzhi, ich hätte mir nie vorstellen können, dass eine wie du, die sonst vor nichts zurückschreckt, sich von der Familie des Mannes derart zur Schnecke machen lässt. Da kommt dich ein Bekannter besuchen, und du traust dich nicht einmal, ihn nach Hause einzuladen. Alles nur klammheimlich, als wären wir Ehebrecher.«

Yingzhi musste Wentang recht geben, aber er sollte auf keinen Fall sehen, was für ein jämmerliches Dasein sie hier führte. Deshalb gab sie sich betont locker und sagte lachend:

»Genau deshalb bist du doch hergekommen, oder nicht? Von wegen Bekannter! Spiel nicht den Anständigen.«

Auf diese Replik musste auch Wentang lachen, und er folgte ihr zum neuen Haus. Dort setzte er sich auf die Schwelle und wartete. Wentang hatte wenig Sinn für gehobene Umgangsformen, Yingzhis Schwiegereltern interessierten ihn nicht. Er saß auf der Schwelle, betrachtete die am Himmel ziehenden Wolken und pfiff vor sich hin. Sein Pfeifen war hell und wohlklingend, es wurde vom Wind davongetragen, es flatterte dahin wie zwei ausgestreckte Hände, die den Klang seines Pfeifens bis in die Tiefen der Wolken trugen. Der schmeichelnde Wohlklang ließ Wentang an die geschmeidige Beweglichkeit von Yingzhis Gliedmaßen im Separee in der Tanzbar Titita denken. In seinem Inneren rührte sich plötzlich ein unruhiges Begehren, das ihn außer Kontrolle geraten ließ.

Yingzhi kam mit einem Becher Tee direkt auf ihn zu, ohne dass er es bemerkte. »Was stierst du in die Wolken?«, fragte sie. »Komm, hier ist dein Tee. Ganz frisch, dieses Jahr gepflückt.«

Wentang stand auf, und ohne den Tee entgegenzunehmen, umfasste er mit einem Griff Yingzhis Hüfte. Sie erschrak und sprang zurück, der halbe Tee spritzte aus der Tasse. »Bist du verrückt geworden?«, sagte sie. »Wenn Guiqing das erfährt, schlägt er nicht nur mich tot, sondern auch dich.«

»Das soll er nur versuchen!«, antwortete Wentang. »Er behandelt dich wie Dreck, da suchst du dir eben draußen einen, der dich mag und sich um dich kümmert. Wie kann eine Frau das Leben ohne einen aushalten, der sich um sie kümmert und sie liebt?«

Seine Worte trieben Yingzhi auf der Stelle die Tränen in die Augen, Schwäche überkam sie, die Tasse fiel auf den Boden und rollte klirrend und scheppernd davon. Der restliche Tee ergoss sich auf die Erde. Yingzhi sank an Wentangs Brust.

Ringsum war es totenstill, die beiden vergaßen alles um sich herum. Wentang war von Leidenschaft übermannt und wollte sich nicht mit einer Umarmung begnügen. Er flüsterte ihr ins Ohr: »Ich bin heiß wie ein Ofen, ein Streichholz genügt, und ich brenne lichterloh. Du bist das Streichholz.«

»Das geht nicht, wir sind zu nah am Haus. Wenn sie uns entdecken, machen sie uns beiden den Garaus.«

»Aber dieses Haus ist doch leer, hierher kommt niemand. Lass uns reingehen.«

Yingzhi überlegte: Guiqing saß in diesem Augenblick am Spieltisch, er würde bestimmt nicht kommen. Und die Schwiegereltern hatten noch nie einen Fuß ins neue Haus gesetzt. Daher deutete sie ein Nicken an.

Wentang zerrte Yingzhi in die künftige gute Stube. Yingzhi sagte etwas außer Atem: »Nach oben, da ist es sicherer.« Eng umschlungen brauchten sie für den Weg ins Obergeschoss geraume Zeit. Die Zimmer oben waren leer, statt Fenstern gähnten nur zwei große Löcher in der Wand, sogar noch ohne Fensterrahmen. Doch für Wentang und Yingzhi existierten weder Haus noch Fenster, weder Sonne noch Luft, Furcht oder Scham. Wie vom Wahnsinn ergriffen gab es für beide nur noch den glühenden Körper des anderen, besinnungslos stürzten sie sich aufeinander, ineinander. In diesem Moment war jede Angst verflogen.

Der Jubel wurde jäh durch das Klirren einer Tasse im Erdgeschoss unterbrochen. Das Geräusch kam zur Unzeit, und es versetzte die beiden in Panik. Ihre Körper stoben auseinander. Wentang hatte es leicht, er zog einfach den Reißverschluss seiner Hose hoch. Yingzhi dagegen schaffte es in der Aufregung nicht, ihre Hose zuzuknöpfen. Keuchend sagte sie: »Wentang, verschwinde, schnell!« Noch ehe sie zu Ende gesprochen hatte, hörten sie schnelle Schritte auf der Treppe.

Ohne ein weiteres Wort rannte Wentang mit Riesensprüngen aus dem Zimmer. Da ihm der Weg über die Treppe versperrt war, sprang er direkt von der geländerlosen Galerie hinunter, floh panisch in das Wäldchen hinter dem Haus und verschwand.

Es war der Schwiegervater, der mit der Tragestange in der Hand die Treppe heraufgelaufen kam. Als er im Türrahmen erschien, hatte Yingzhi ihre Hose noch immer nicht zugeknöpft. Der Schwiegervater donnerte: »Wo ist der Schweinehund? Her mit ihm!«

So plötzlich aus leidenschaftlicher Glut herausgerissen, als hätte man ihr mitten in einem üppigen Mahl plötzlich die Essschale aus der Hand geschlagen, brodelte es in Yingzhi gewaltig. Beim Anblick des schnaubend im Türrahmen stehenden Schwiegervaters loderte die Flamme ihrer Wut noch höher empor. Monatelang haben wir an diesem Haus gebaut, schoss es ihr durch den Kopf, und kein einziges Mal hast du einen Blick darauf geworfen. Aber genau in diesen Moment fällt dir ein, mir nachzuspüren. Mit welchem Recht schnüffelst du hinter mir her? Eine böse Idee stieg in ihr auf. Lässig stellte sie sich vor dem Schwiegervater auf, knöpfte ihre Hose zu und sagte dann: »Wer ist hier der Schweinehund? Ist außer dir und mir noch jemand hier? In deinem Alter möchtest du noch den Schweinehund bei mir spielen?«

Der Schwiegervater erstarrte, dann schleuderte er außer sich vor Wut die Tragestange nach Yingzhi. Yingzhi riss ruckartig den Kopf zur Seite, die Stange krachte mit lautem Knall in die Zimmerecke und fiel zu Boden. Von der Wand bröckelte ein Stück Zement herab. »Du hast es wohl auf mich abgesehen?«, schrie Yingzhi. »Glaubst du denn, du kriegst noch einen hoch? Du bist der Schweinehund!«

Als sie bemerkte, dass der Schwiegervater aufgrund ihres wilden Geschreis wie versteinert dastand, keuchend atmete und wohl auch ein wenig Angst bekommen hatte, setzte sie eine überlegene Miene auf, stolzierte erhobenen Hauptes am Schwiegervater vorbei aus dem Zimmer und rannte dann, so schnell sie konnte, zum Haus und in ihr Zimmer. Dort verriegelte sie die Tür. Sie presste die Handfläche aufs Herz, als fürchtete sie, es werde ihr vor Panik aus der Brust springen. Sie wusste, dass ihre Tage im Alter-Tempel-Dorf gezählt waren.

16. Kapitel

Guiqing wurde in der Abenddämmerung von seinem Vater an den Ohren nach Hause gezerrt. Yingzhis Schwiegervater hatte im ganzen Dorf so lange nach ihm gebrüllt, bis er nahezu seine Stimme verloren hatte. Ausgerechnet an diesem Tag war Guiqing nicht im Dorf. In Honghuawan, einem Dorf am anderen Flussufer, fand eine Hochzeit statt, und er war mit Heipang und den anderen dorthin zum Hochzeitsschmaus gegangen. Youjie, der Sohn des Dorfvorstehers, war nicht mitgegangen, denn seine Frau lag in den Wehen. Als er das erbitterte Rufen von Guiqings Vater hörte, setzte er ihn, ohne zu wissen, was passiert war, auf den Gepäckträger seines Fahrrads und fuhr ihn nach Honghuawan.

Als der Vater Guiqing erblickte, packte er ihn ohne Rücksicht auf dessen Gesichtsverlust am Ohr und zerrte ihn mit sich fort. Guiqing zeterte und schrie vor Schmerz, doch sein Vater achtete nicht auf das Gejammer. Erst als beide außer Sicht- und Hörweite waren, schrie er Guiqing an: »Während du dich hier vergnügst, schneien die Ehebrecher ins Haus! Du schämst dich wohl gar nicht!«

Guiqing, der nicht aufgehört hatte zu jammern, dachte, als

er seinen Vater so reden hörte, dass seine Eltern tatsächlich aus Feindschaft gegen Yingzhi jeden Furz zu einer Riesenangelegenheit aufbliesen. Vermutlich hatte Yingzhi mit einem Mann ein paar Worte gewechselt, und sie machten daraus einen Ehebruch. Hastig sagte er: »Papa, jetzt dreh nicht durch. Yingzhi hat nun mal gern Gesellschaft, sie quatscht und lacht mit anderen Männern, daran ist doch nichts Schlimmes.«

»Zum Quatschen und Lachen müssen sie ins Obergeschoss des neuen Hauses rennen? Und mit runtergelassener Hose aneinanderkleben?«

Auf Guiqings Gesicht zeigte sich Verärgerung: »Warum redest du immer so gemeines Zeug über sie daher?«

Sein Vater holte aus und verpasste ihm eine Ohrfeige: »Du glaubst mir nicht? Aber was dein schamloses Weibsstück erzählt, das glaubst du? Heute habe ich es mit eigenen Augen gesehen, da wirst du mir glauben müssen!«

Erst jetzt bemerkte Guiqing, in welcher Verfassung sich sein Vater befand. Die Sache war wohl doch ernster, als er gedacht hatte, und er fragte: »Ist das wahr? Hast du es wirklich mit eigenen Augen gesehen, Papa?«

»Ich habe die Tragestange genommen, um sie auf frischer Tat zu ertappen. Der Ehebrecher ist vom Obergeschoss hinuntergesprungen und durch den Wald davongerannt. Das schamlose Frauenzimmer war noch dabei, sich die Hose zuzuknöpfen.« Beim Gedanken an das, was Yingzhi ihm an den Kopf geworfen hatte, schoss die Wut in ihm hoch. Er packte Guiqing erneut am Ohr, und während er ihn, im Kreis um ihn herumhüpfend, mit sich zerrte, schrie er: »Wenn du deine Frau heute nicht totschlägst, bist du nicht mehr mein Sohn!«

Es war schon dunkel, als sie zu Hause anlangten.

Yingzhi hatte in ihrem Zimmer die ganze Zeit verzweifelt auf jedes Geräusch gelauscht. Sie hatte ihre Siebensachen in ein Bündel gepackt und auf eine Gelegenheit gelauert, sich aus dem Staub zu machen. Aber ihre Schwiegermutter saß mit Youjies Mutter die ganze Zeit im Hof, wo sie ohne Ende klatschten und quatschten. Yingzhi spürte, dass die beiden über sie sprachen. Ihr war völlig gleichgültig, was sie sich zu sagen hatten, so wie die Dinge standen, war das ohne Bedeutung. Sie hatte mit allem hier abgeschlossen, Scham und die Meinung der anderen spielten keine Rolle mehr für sie. Jetzt zählten nur noch ihre Zukunft und ihr weiteres Leben.

Die Sonne war bereits untergegangen, als Youjies Mutter endlich den Hof verließ. Aus irgendeinem Grund quengelte Qianhuo, und Yingzhis Schwiegermutter ging mit ihm ins Haus. Yingzhi sah die Gelegenheit gekommen, griff ihr Bündel, schloss die Tür auf und schlüpfte hinaus.

Doch sie kam einen Schritt zu spät, gerade als sie mit dem Bündel auf dem Rücken aus dem Hoftor gehen wollte, kamen Guiqing und sein Vater auf das Haus zu. Beide sahen sie fast gleichzeitig, und Guiqing brüllte los: »Wohin willst du denn?«

Yingzhi zitterte am ganzen Körper und setzte den Fuß, der gerade das Tor durchschreiten wollte, wieder zurück. Sie wusste, dass es für sie heute kein Entrinnen geben würde. Sie sah das Vorhängeschloss hin- und herschwingen. Plötzlich fiel ihr ein, dass sie bei ihrem früheren Versuch, nachts aus dem Haus zu fliehen, daran gescheitert war, dass das Tor verschlossen war. Intuitiv ergriff sie das Vorhängeschloss, und mit einem Schwung warf sie den Schlüssel in den Schweinepferch.

Sie rannte in ihr Zimmer zurück und versperrte erneut die Tür. Aber das genügte ihr nicht, mit aller Kraft zog sie den Schrank davor und verbarrikadierte die Tür zusätzlich. Sie zitterte am ganzen Körper, ob aus Furcht oder Überspanntheit, wusste sie selbst nicht. Sie war außerstande sich vorzustellen, was geschehen würde. In Anbetracht von Guiqings

Charakter war es durchaus möglich, dass er sie totschlug. Verzweifelt dachte Yingzhi: Herr des Himmels, bitte beschütze mich! Egal was passiert ist, ich will nicht sterben, ich will nicht durch Guiqings Hand sterben.

Ihr Flehen war noch nicht beendet, als sich vor der Tür Guiqings Gebrüll erhob: »Du stinkende Hure, mach die Tür auf! Du schreckst nicht davor zurück, es im eigenen Haus mit anderen zu treiben. Ich will kein Mann sein, wenn ich dich heute nicht totschlage! Wie oft habe ich dich gewarnt? Wenn du mir Hörner aufsetzt, hat dein letztes Stündlein geschlagen. Umbringen werde ich dich, und diesen Hurensohn von Ehebrecher dazu!«

Yingzhi verkroch sich aufs Bett und wagte nicht, sich zu rühren oder gar einen Laut von sich zu geben. Guiqing donnerte gegen die Tür, sein Geschrei und seine Beschimpfungen lockten die Nachbarn herbei. Yingzhi hörte ihn brüllen: »Was gibt's da zu glotzen? Wenn ihr zusehen wollt, wie ein Kerl seine Frau verprügelt, dann geht nach Hause und seht zu, wie euer Vater eure Mutter verdrischt!« Die Umstehenden brachen in schallendes Gelächter aus.

Seine Mutter redete auf ihn ein: »Iss erst mal was, dieses billige Miststück nimmst du dir vor, wenn du was im Magen hast.«

Guiqing trat noch ein paar Mal heftig gegen die Tür und drohte ihr: »Glaubst du, du kannst dich ein Leben lang da drinnen verkriechen? Hör gut zu, ich bin hungrig, und dich kann ich auch verhungern lassen. Wenn du noch einen Funken Verstand hast, mach die Tür auf und komm raus.«

Was mach ich nur? Was soll ich nur tun?, dachte Yingzhi. Wenn ich nur meine Leute verständigen könnte! Wer soll mich jetzt retten? In ihrer Phantasie sah sie sich vor die Alternative gestellt, in diesem Zimmer zu verhungern oder von Guiqing totgeschlagen zu werden. Wenn sie daran dachte, mit welcher Brutalität Guiqing sie in der Vergangenheit traktiert hatte, spürte sie in allen Fasern ihres Körpers brennenden Schmerz. Es war besser, selbst Schluss zu machen, als unter diesen entsetzlichen Schlägen zu sterben. Als ihr dieser Gedanke in den Sinn kam, sah sie unwillkürlich zum Deckenbalken hoch. Es war ein kräftiger Holzbalken, ein Seil darüber zu werfen und sich hier aufzuhängen, sollte nicht allzu schwierig sein. Mit einem Satz sprang sie aus dem Bett, suchte nach einem Bettlaken und riss es ruckzuck in Streifen. Dann holte sie einen Schemel, stieg hinauf und warf das aus den Stofffetzen gedrehte Seil über den Deckenbalken, zerrte mit beiden Händen kräftig daran und fand, dass es sehr stabil war. Jetzt musste sie nur noch ihren Kopf durch die Schlaufe stecken, mit dem Fuß den Schemel umstoßen, und es wäre vorüber. Alles war vorbereitet, um Yingzhi in ein paar Minuten von einer Lebenden in einen Leichnam zu verwandeln. Die Tat selbst würde weniger Zeit in Anspruch nehmen als die Vorbereitung. Yingzhi lief ein kalter Schauer über den Rücken. So schwierig das Leben war, so einfach war der Tod. Auch wenn mein Leben jeden Reiz verloren hat, dachte Yingzhi plötzlich, warum soll ich eigentlich sterben? Was habe ich davon, hier im Alter-Tempel-Dorf, in Guiqings Haus am Deckenbalken zu krepieren? Sie sprang kurz entschlossen vom Schemel. Nein, ich werde nicht sterben, dachte sie. Ich bin gerade mal Anfang zwanzig, ich habe noch so viel vor mir. Wenn ich hier rauskomme, wartet bestimmt ein schönes Leben auf mich. Zu sterben lohnt sich nicht! Ich muss hier irgendwie wegkommen. Und wenn ich bis ans Ende der Welt fliehen muss, hierher komme ich in meinem Leben nicht zurück. Während Yingzhi hin und her grübelte, fiel plötzlich der Strom aus, im Zimmer wurde es stockdunkel. Draußen rief die Schwiegermutter: »Zündet die Lampen an! Macht schnell!«

Yingzhi stieß innerlich einen Freudenschrei aus. Bei sich dachte sie: Herr des Himmels, bist du gekommen, um mich zu retten? Eilig rückte sie den Schrank beiseite, presste sich an die Tür, um zu lauschen, was außen vor sich ging. Ihrer Empfindung nach war es still, vorsichtig schloss sie die Tür auf. Doch bevor sie die Tür ganz öffnen konnte, kam Guiqing mit einem Knüppel herbei und schrie: »Darauf hab ich gewartet, dass eine Hure wie du die Gelegenheit nutzt, um abzuhauen. Daraus wird nichts.«

Mit dem Knüppel in der Hand kam er hereingestürmt. Aber er hatte nicht mit dem Schrank gerechnet, den Yingzhi nur in die Mitte des Zimmers geschoben hatte. Der Knüppel landete auf dem Schrank, Guiqing konnte nicht mehr ausweichen und prallte frontal mit dem Kopf dagegen. Er stieß einen Schmerzensschrei aus, riss den Kopf nach oben und fiel hin. Yingzhi nutzte sein Schmerzensgeschrei, drückte sich seitlich am Schrank vorbei und schlüpfte aus der Tür. Die Eltern kamen auf das Geschrei ihres Sohnes hin angerannt. Der auf dem Boden liegende Guiqing rief: »Schnell, macht Licht, sie entkommt uns nicht!«

Mehrere Leute tappten suchend im Zimmer herum. In der tiefen Finsternis konnte Yingzhi die Zimmertüren nicht unterscheiden, sie hatte keine Ahnung, in welches Zimmer sie geraten war. Jetzt war die ganze Familie auf der Suche nach ihr. Zitternd verbarg sich Yingzhi hinter der Tür, aber keiner der Suchenden betrat dieses Zimmer. Ein wenig beruhigt begann Yingzhi sich mit Hilfe des Mondlichts zu orientieren. Sie erkannte, dass sie sich im Zimmer der Schwiegereltern befand. Sie wusste, dass in diesem Zimmer außer dem Bett nur eine Kommode stand, und darin gab es eine Schublade, wo die Schwiegereltern gewöhnlich ihr Geld deponierten. Yingzhi fiel ein, dass sie ja mit leeren Händen dastand, selbst ihre Tasche hatte sie liegen lassen, als sie aus dem Zimmer geflohen war. Sie schlich auf Zehenspitzen zur Kommode, zog leise und vorsichtig die Schublade auf, griff in der Dunkelheit ein Bündel Banknoten und stopfte es sich in die Hosentasche. Von draußen schimmerte ein schwacher Lichtschein ins Zimmer, und jemand rief: »Durchsucht Zimmer für Zimmer!« Es war die Stimme ihres Schwiegervaters. Yingzhi irrte panisch im Zimmer umher, bis sie plötzlich bemerkte, dass das Zimmerfenster geöffnet war. Sie hastete dorthin, schwang sich aus dem Fenster und rannte geduckt im Katzenbuckel in den Hof. Das Hoftor war wieder geschlossen. Hatten sie etwa den Schlüssel gefunden? Sie rannte zum Tor, ertastete mit der Hand das Vorhängeschloss und bemerkte mit einem Freudenschreck, dass es geöffnet am Tor hing. Ohne weitere Rücksicht riss sie das Tor auf und rannte hinaus.

Guiqing hörte das Quietschen des Hoftors und realisierte, dass Yingzhi bereits hinausgerannt war. Sofort schrie er: »Sie ist durchs Tor davon!«, griff sich einen Knüppel und rannte zum Tor. Im Laufen brüllte er: »Und wenn du bis ans Ende der Welt rennst, ich krieg dich doch und schlag dich tot!«

Yingzhi war nicht weit gerannt, sie wusste genau, dass sie in einem Wettlauf mit Guiqing verlieren würde, er war immer der Schnellere. Kaum aus dem Tor hatte sie einen Haken geschlagen und war zum Haus des Nachbarn gerannt. An der Außenseite der Hofmauer gab es einen Abort, den mit Sicherheit nachts niemand aufsuchen würde. Sie schlüpfte hinein und hockte sich an die Abortwand. Sie hörte, wie sich Guiqings Stimme entfernte. Ihr war klar, dass er sie auf dem Weg zu ihrem Elternhaus verfolgen würde. Sie beschloss, abzuwarten und erst um Mitternacht aufzubrechen.

Der Mond stand hoch, dünne Wolken zogen vorüber. Obwohl das Firmament von Sternen übersät war, durchfuhr Yingzhi das Gefühl unendlicher Weite und Leere. Zuerst hockte sie auf dem Boden, aber schließlich taten ihr die Beine weh, und sie setzte sich hin. Schlimmer war der Schmerz in ihrem Inneren. Sie sah in die unergründliche Tiefe des Himmels und dachte an ihr verpfuschtes Leben. Sie, eine von allen bewunderte und begehrte Frau, war nun gezwungen, in einem Abort Zuflucht zu suchen. Sie grübelte und grübelte, und wieder flossen ihre Tränen in Strömen. Ihre Tränen flossen, aber sie wagte nicht, den leisesten Laut von sich zu geben, nicht einmal zu schniefen. Ihren Daumen in den Mund zu stecken und darauf zu beißen, war das Einzige, was sie tun konnte, um zu verhindern, dass ihr unversehens ein Schluchzen entfuhr.

Wie viel Zeit inzwischen vergangen war, wusste sie nicht, sie hatte jedes Zeitgefühl verloren. Allmählich wurde es ruhig im Dorf, die Lichter in den Fenstern ringsum erloschen eines nach dem anderen. Guiqing kam zurück, natürlich erfolglos. Er schrie und tobte noch eine Weile, nachdem er im Hof verschwunden war, dann trat auch dort Stille ein. Durch einen Spalt in der Abortwand sah Yingzhi, dass auch im Haus sämtliche Lichter gelöscht wurden. Sehr langsam stand sie auf und machte versuchsweise ein paar Schritte nach draußen. Sie wagte nicht, sich weiter zu entfernen. Sie schaffte es bis zum Tor, aber dort verließ sie der Mut, und sie kehrte zum Abort zurück. Innerlich beschimpfte sie sich: Hör zu, Yingzhi, jetzt hast du die Gelegenheit zu verschwinden, jetzt oder nie.

Sie kniff sich ein paarmal so kräftig ins Bein, dass es schmerzte, dann machte sie sich auf den Weg. Noch immer geduckt, sich aufzurichten wagte sie nicht vor Angst, man könnte sie sehen.

Noch immer stand der Mond mit den dahinziehenden Wolken über ihr, es war eine milde und ruhige Nacht. Immer auf der Hut floh Yingzhi aus dem Alter-Tempel-Dorf.

Als sie das Dorf im Rücken hatte, richtete sie sich auf und blieb stehen. Sie sah sich um, blickte auf die nächtliche Silhouette des Dorfes und dachte: Dich werde ich mein Lebtag nicht vergessen, du hast mir grausam mitgespielt. Wer weiß, welche Hündin später in mein Zimmer einzieht. Nachts allein auf der Landstraße zu gehen, ängstigte sie nicht, es war nicht das erste Mal. Sie war eine Weile unterwegs, bis ihr plötzlich einfiel, dass es womöglich allzu auffällig war, wenn jemand einfach so ungeniert die Straße entlangmarschierte. Und wenn Guiqing vor lauter Wut noch einmal hinter ihr her gerannt kam, nachdem er zu Hause angekommen war? Gab sie ihm damit nicht die Gelegenheit, sie doch noch zu schnappen? Sie beschloss, dass es sicherer war, Feldwege zu benutzen.

Bevor sie die Hauptstraße verließ, blickte sie sich noch einmal kurz um. Weit entfernt und undeutlich sah sie hinter sich im Mondlicht jemanden, der auf sie zulief. Die Nacht war so still, dass sie sogar das Tappen der hastigen Schritte auf dem Asphalt hören konnte. Panik überfiel sie. Alles aus!, schoss es ihr durch den Kopf, er ist mir auf den Fersen. Von panischer Furcht ergriffen rannte sie los. Sie überlegte nicht, welchen Weg und welche Richtung sie einschlug, sie achtete nicht auf die Beschaffenheit des Bodens unter ihren Füßen, selbst die Erschöpfung, die ihr das irrsinnige Dahinrennen verursachte, bemerkte sie nicht. Sie spürte nur den Wind, der ihr um die Ohren pfiff und den sie hinter sich ließ. Sie rannte über Gemüsefelder, über Feldraine, durch Gehölz, vorbei an Ziegelöfen, über unbebautes Land, sie rannte und rannte, bis ein Seeufer sie aufhielt. Es war dicht mit Schilfrohr bewachsen, fröhlich rauschte, sang und wogte es im Wind. Yingzhi stürzte sich Hals über Kopf hinein und verlor sich im Schilfgestrüpp wie ein Sandkorn im Meer, ohne irgendeine Spur zu hinterlassen. Sie konnte keinen klaren Gedanken fassen, es kam ihr nicht in den Sinn, stehen zu bleiben, mit äußerster Anstrengung wühlte sie sich weiter durchs Schilf. Erst, als sie über eine harte Bodenschwelle stolperte, fiel sie und blieb auf der Erde liegen. Alle Kräfte verließen sie, sie war außerstande sich aufzuraffen. Na gut, das ist das Ende, dachte sie.

Das Seewasser schwappte sanft gegen die Uferböschung, das leise Erzittern übertrug sich und drang in Yingzhis Ohren. Ah, das muss der Cha-See sein, dachte sie. Der Cha-See, dessen weitläufige Wasserfläche von Lotos bedeckt war. Das Wasser des Sees war so tief und klar, dass es blau leuchtete, häufig tummelten sich wilde Enten auf dem See. Der Cha-See verfügte über zahllose Ausläufer und Tümpel, die abfließenden Rinnsale speisten kleine Flüsschen. Auch der kleine Fluss, der an Yingzhis Heimatort vorbeiströmte, stammte aus dem Cha-See. Allerdings war sein Wasser weniger klar als das Wasser des Cha-Sees. Auf dem Fluss trieben Tonnen von Unrat und Abfällen, er war derart verschmutzt, dass Boote ihn nicht mehr befuhren.

Ohne sich zu rühren, lag Yingzhi auf dem Boden im Schilf. Warum lag sie wie gelähmt in finsterer Nacht mitten im Schilf? Sie konnte nicht begreifen, was die Ursache ihrer Empfindungen von Panik und Aufregung gewesen war. Es dauerte geraume Zeit, bis sie wieder wusste, was mit ihr passiert und wie es dazu gekommen war. Das Rauschen des Schilfrohrs im Nachtwind antwortete dem Geräusch des Seewassers, hier und da ließ sich der heisere Ruf von Wildenten vernehmen. Die friedliche nächtliche Atmosphäre legte sich beruhigend auf Yingzhis Gemüt. Nach und nach, als wären hundert Jahre vergangen, erinnerte sie sich an alle Einzelheiten, erinnerte sich daran, wie sie im stinkenden Abort gekauert hatte. Sie begann laut zu schluchzen. Nie wieder würde sie ins Alter-Tempel-Dorf zurückkehren, dachte sie.

Weder das Dorf noch Guiqing besaßen irgendetwas, woran es sich zu erinnern lohnte. Selbst Qianhuo entfernte sich aus ihrem Empfinden, weil er mit Guiqing gezeugt worden war.

Und was war mit dem unfertigen Haus? Über Jahre hatte Yingzhi ihr Herzblut dafür gegeben, es war mit dem Geld gebaut worden, das sie mühevoll verdient hatte, mit Hilfe ihrer Kehle, ihrer Verführungskünste und ihres Körpers. Wie viel von ihrer Scham und Selbstachtung hatte sie für dieses Geld geopfert, wie viel Kränkung und Erniedrigung hatte sie schlucken müssen. Sie hatte ihren Körper und ihren Geist gegen Geld getauscht, und als Lohn der verzweifelten Anstrengungen stand sie mit leeren Händen da.

Obwohl Yingzhi das letzte Quäntchen Tränen aus sich herausweinte, war jeder ihrer Schluchzer doch nur ein dünner Laut, der vom Schilf und vom Wasser verschluckt wurde und keinen Eingang in die Geräusche dieser Nacht fand, so als verweigerte sich die Welt ihrem Weinen. Abrupt hörte sie auf zu schluchzen, sie begriff plötzlich, dass es völlig sinnlos war. Tränen hatten sie noch nie gerettet. Um weiterzuleben, musste sie sich darüber klarwerden, wie sie ihr künftiges Leben gestalten wollte.

Entschlossen wischte sie sich mit dem Ärmel die Tränen aus dem Gesicht. Sie setzte sich auf und begann zu überlegen, was als Nächstes zu tun war. Das Erste, was ihr in den Kopf kam, war: Ich habe kein Geld. Sie tastete nach den Geldscheinen, die sie blind aus der Schublade der Schwiegereltern herausgeholt hatte, hielt sie ins Mondlicht, das durch das Schilfrohr sickerte, und stellte fest, dass es nur Kleingeld war, im Wert von ein paar Mao. Kein einziger Schein im Wert von einem Kuai war darunter. Yingzhi lachte bitter und wollte das Geld in einer ersten Aufwallung wegwerfen. Doch dann besann sie sich und stopfte es in ihre Hosentasche zurück. Als Erstes muss ich jetzt Geld verdienen, dachte sie. Ohne

Geld komme ich nirgends hin, nicht einmal die Fahrkarte für den Zug in den Süden kann ich kaufen. Nach Hause zu gehen, war ausgeschlossen, Guiqing würde sie dort schnappen, und ihre Eltern würden verlangen, dass sie mit ihm zurückginge. Aber ein Zurück ins Alter-Tempel-Dorf wäre schlimmer als der Tod. Angst vor dem Tod habe ich nicht, aber ich möchte nicht sterben, die Zeit dafür ist noch nicht gekommen, dachte sie. Ich bin jung, habe eine Stimme zum Singen, einen Körper, auf den die Männer fliegen, und noch genug Kraft, um Geld zu verdienen und mich selbst zu ernähren. Als Nächstes werde ich alles in Bewegung setzen und mir ein eigenes Haus bauen. In dem werde ich zu Hause sein, und keiner kann mich daraus vertreiben. Es wird ein richtig hohes Haus sein, mit einem Klosett und einem Ort, wo man sich waschen kann, und es wird Vorhänge an den Fenstern geben und ein Telefon, so wie bei den Leuten in der Stadt, und wenn es so weit ist, soll Guiqing kommen und es sich ansehen, und seine Eltern sollen es auch sehen. Ich spiele nicht länger eure Schwiegertochter, mir wird es besser gehen als irgendjemandem sonst. Und dann, als Nächstes, mache ich es mir bequem und lebe in Freuden. Keiner schlägt mich, keiner beschimpft mich, und keiner schaut mich schief an. Ich werde mit den Kräften und Fähigkeiten einer Frau ein selbstständiges Leben führen.

Das alles wälzte Yingzhi im Kopf hin und her, der raschelnde Gesang des Schilfrohrs schien ihr Kraft und Trost zu spenden, die verlorene Energie kehrte während des Nachdenkens in ihren Körper zurück. Sie fühlte, wie ihr Selbstvertrauen wuchs. Sie fürchtete sich vor nichts mehr. Wann hätte sie, Yingzhi, sich je gefürchtet? Seit jeher tat sie immer, was sie sich vorgenommen hatte.

Sie erhob sich, schob das Schilf beiseite und ging am Seeufer entlang.

Kurz vor der Morgendämmerung erreichte sie eine kleine Anlegestelle mit dem Namen Xifenwan, Feinmehl-Bucht. Am Anlegesteg lag vertäut ein kleines Schiff. Yingzhi setzte sich ans Ufer und sah lange reglos auf das Schiff. Als die ersten Sonnenstrahlen durch die Wolken brachen, ging sie hin.

17. Kapitel

Drei Monate später ging Yingzhi von Bord. Die drei Männer, die auf dem Schiff wohnten, versuchten sie zum Bleiben zu bewegen, aber sie ließ sich nicht aufhalten. »Wofür haltet ihr mich? Ich habe mich schließlich nur hergegeben, um das Fahrtgeld in den Süden zu verdienen.« Versteckt in ihrer Hüfttasche befanden sich über tausend Kuai, Geld, das sie in den vergangenen drei Monaten verdient hatte. Tagsüber hatte sie gekocht und gewaschen, nachts war sie Bettgenossin gewesen und hatte abwechselnd einen der drei Männer der Schiffsbesatzung bedient. Ihre Zeit an Bord auf dem See hatte sie in ruhiger und friedlicher Stimmung verbracht. Das Wetter war zunehmend kälter geworden, die Tage auf dem Schiff waren still und ereignislos gewesen. Nach ihrer Rechnung reichte das Geld für die Reise in den Süden. Daher beschloss sie, dem Elternhaus einen Besuch abzustatten, das Neujahrsfest dort zu verbringen und anschließend mit den anderen Wanderarbeitern aus dem Dorf in den Süden zu fahren. Hilflos mussten die drei Männer zusehen, wie Yingzhi von Bord ging, ohne sich umzuwenden.

Als Yingzhis Füße wieder festen Lehmboden betraten,

überfiel sie plötzlich das Gefühl, für eine Weile in einer anderen Welt gelebt zu haben und nun in die ihr vertraute zurückzukehren. In der Kreisstadt kaufte sie sich einen roten Rollkragenpullover und einen blauen Mantel. Nachdem sie beides angezogen hatte, ging sie in die Titita-Tanzbar, um Wentang aufzusuchen. Dort angelangt, wurde sie, noch ehe sie den Mund aufmachen konnte, von einem der Fräulein erkannt. »Was hast du hier noch zu suchen?«, sagte das Fräulein. »Dein Alter hat bei uns ein paarmal alles kurz und klein geschlagen und derart gewütet, dass Wentang sogar von hier abhauen musste, nach Xinjiang ist er gegangen. Die Tonmeister, die wir jetzt haben, taugen alle nichts.« In ihrer Stimme lagen Feindseligkeit und Verachtung.

Yingzhi stand da wie versteinert. Sie hatte keine Ahnung, was in der Zeit, die sie auf dem Schiff zugebracht hatte, draußen in der Welt passiert war. Und nun dachte sie daran, welcher Empfang ihr wohl in Fenghuangyuan, im eigenen Elternhaus beschieden sein würde.

Eilig kehrte sie ins Elternhaus zurück. Sie hatte kaum die Tür geöffnet, als ihre Mutter weinend auf sie zugestürzt kam und sagte: »Mein Mädel, du lebst noch!«

»Was ist passiert?«, fragte Yingzhi aufgeregt.

»Du traust dich tatsächlich, wieder nach Hause zu kommen? Was willst du hier? Du wärst besser auf Nimmerwiedersehen verschwunden«, sagte ihr Vater.

»Was ist los? War Guiqing hier und hat Krach geschlagen?«

»Bis vor kurzem ist er jeden Tag vorbeigekommen, hat sich wie ein Verrückter aufgeführt, hat behauptet, wir würden dich verstecken, und uns alle in Angst und Schrecken versetzt«, antwortete ihre Mutter. »Das halbe Haus hat er uns angezündet. Dein Bruder hat ihn bei der Polizei angezeigt. Schließlich bist du aus dem Haus der Schwiegereltern verschwunden, dein Mann könne froh sein, dass nicht wir bei ihm nach dir fragen. Das war vor einem Monat. Seitdem hat er sich nicht mehr blicken lassen.«

Yingzhi entdeckte jetzt erst, dass die Wände im rechten Teil des Wohnzimmers von Feuer geschwärzt und die Deckenbalken völlig verkohlt waren. Yingzhis Mutter erzählte, sie sei damals im Laden und ausgerechnet an diesem Tag Shaoya allein im Haus gewesen. Wären nicht zufällig ein paar Leute, die um einen Schluck Wasser bitten wollten, vorbeigekommen und hätten geholfen, den Brand zu löschen, wäre das ganze Haus niedergebrannt.

Yingzhi war zutiefst niedergeschlagen. Beim Gedanken, dass sie ihre ganze Familie derart in die Sache mit hineingezogen hatte, wuchs ihr Hass auf Guiqing ins Unermessliche. Als die Mutter ihr den Benzinkanister zeigte, den Guiqing zurückgelassen hatte, sagte sie: »Gut. Er hat sich nicht gescheut, mein Haus anzuzünden. Heute Nacht fülle ich den Kanister auf und fackele sein Haus ab.«

Yingzhis Vater bekam einen Wutanfall: »Du hast wohl noch nicht genug angerichtet!«, schimpfte er. »Guiqing ist ein Mistkerl, aber du bist auch ein verdorbenes Frauenzimmer. Klar, dass er dich schlägt, wenn du einen Liebhaber in sein Haus schleppst. Klar, dass er dein Elternhaus abfackelt, wenn seine Frau davonläuft und sich ein paar Monate nicht blicken lässt. Worauf wartest du noch, geh zu ihm zurück und entschuldige dich. Nimm in Kauf, dass er dich ordentlich verprügelt und beschimpft, und wenn das ausgestanden ist, führst du ein anständiges Leben als seine Frau.«

Yingzhis Mutter wischte sich die Tränen aus den Augen und sagte: »Yingzhi, so dürfen wir Frauen uns nicht benehmen. Man zieht den Zorn der Menschen und des Himmels auf sich.«

Als Yingzhi ihre Eltern so reden hörte, brach es aus ihr heraus: »Bevor ihr mich zwingt zurückzugehen, gebt mir lieber eine Flasche Unkrautvertilgungsmittel. Ich trinke es aus, und dann ist Schluss!«

»Glaubst du, du kannst mir damit einen Schrecken einjagen? Krepier doch, wenn dir danach ist. Ich will nicht, dass du Schande über unsere Familie bringst.«

Diese Beschimpfung ihres Vaters brachte Yingzhi völlig aus der Fassung. Zu allem, was sie hasste, fügte sie nun auch ihre Eltern hinzu. Warum helft ihr mir nicht, wenn ich im Dreck stecke?, dachte sie. Nicht einmal meine eigene Familie schützt mich. Verzweifelt sagte sie: »Also gut. Mutter, gib mir das Unkrautvertilgungsmittel, ich will auf der Stelle hier im Haus sterben. Wenn ihr glaubt, dass ich in Fenghuangyuan Schande über euch gebracht habe, dann werft mich, wenn ich tot bin, irgendwo auf freies Land, wo die Hunde an mir nagen. Aber begrabt mich auf keinen Fall im Alter-Tempel-Dorf. Wenn ihr mir das nicht versprecht, schwöre ich, dass ich euch noch als Gespenst hassen und jeden Tag Unglück über euch bringen werde.«

Yingzhis Mutter geriet in Aufregung: »Red keinen solchen Unsinn, Yingzhi. Ich weiß doch, dass auch du ungerecht behandelt worden bist.« Dieser Satz ihrer Mutter erschütterte Yingzhi, sie brach in lautes Schluchzen aus.

Am Abend kamen Yingzhis Schwägerinnen vorbei, um sie zu besuchen. Sie fragten mit keinem Wort, wo sie die letzten Monate verbracht hatte. »Schön, dass du wieder da bist«, sagten sie. »Eine mehr zum Mahjong-Spielen.«

Am nächsten Morgen war strahlendes Wetter. Zwar pfiff ein eisiger Wind, aber die Sonne stieg langsam am Himmel hoch. Ihre beiden Brüder bereiteten sich darauf vor, in die Kreisstadt zu gehen, um fürs Neujahrsfest einzukaufen. Yingzhi, die untätig herumsaß, erklärte, sie wolle sie begleiten.

Sie frühstückten gemeinsam mit der Mutter. Der Vater war fortgegangen, um für die Mutter den Laden zu beaufsichtigen, Yingzhi zog ihre neu gekaufte Kleidung an. Sie hatte vorgehabt, sauber gewaschen und aufs beste bekleidet ein paar Tage mit der Familie zu verbringen. Bei diesem Gedanken überfiel sie jetzt eine gewisse Unruhe.

Sie hatten das Haus noch nicht verlassen, als überraschend Guiqing mit drohender Miene und einem Benzinkanister in der Hand vor dem Haus auftauchte. Noch ehe er den Hof erreicht hatte, kam Yingzhis Neffe Shaoya ins Haus gerannt, um die Nachricht zu überbringen. Yingzhis Brüder ließen alles stehen und liegen, suchten hastig Stricke und Knüppel zusammen. Kaum hatte Guiqing den Hof betreten und begonnen Beschimpfungen auszustoßen, stürzten sich Yingzhis Brüder auf ihn, warfen ihn zu Boden und fesselten ihn.

Jetzt erst trat Yingzhi aus dem Haus. Beim Anblick Guiqings schossen alte und neue Wut zusammen in ihr hoch. Sie keuchte und konnte eine Weile lang keinen Laut hervorbringen. Erst als ihre Brüder Guiqing an den Baum im Hof gefesselt hatten, entspannte sie sich. Sie ging zu dem Baum und versetzte Guiqing einen Tritt in den Unterleib: »Du Arschloch«, sagte sie, »die Angelegenheit zwischen uns beiden geht nur mich an, warum zündest du das Haus meiner Familie an?«

Als er Yingzhi sah, lief das Gesicht von Guiqing, an den Baum gefesselt, schlagartig puterrot an. Yingzhi trug das in der Kreisstadt neu gekaufte Kleid, weiße Chrysanthemenblüten auf hellblauem Grund. In den drei Monaten auf dem Schiff war sie wenig der Sonne ausgesetzt gewesen, ihr blasser Teint machte sie noch attraktiver. Von Eifersucht und Wut gepackt, verlor Guiqing die Beherrschung und brüllte: »Du beschissene kleine Nutte, hast einen wie mich, der sich um dich kümmert, und trotzdem keinen Funken Anstand im Leib. Umbringen tu ich dich, sonst erstick ich an meiner Wut!«

»Du hast dich um mich gekümmert?«, schrie Yingzhi ihn

an. »Wie denn? Den ganzen Tag hast du gefaulenzt, gefressen, gesoffen, gehurt und gespielt, mein sauer verdientes Geld restlos verspielt, mich fast zu Tode geprügelt, so hast du dich um mich gekümmert!«

»Das machen doch alle Männer im Dorf«, antwortete Guiqing. »Warum sollte ich auf dich hören. Es reicht, dass ich dich durchfüttere, wenn du mal alt geworden bist. Dass du dich mit meinen Eltern anlegst, mag noch hingehen, aber dass du es hinter meinem Rücken mit einem anderen treibst, wirst du mir büßen.«

»Du weißt genau, wie mich deine Eltern behandelt haben. Ich halte es nicht mit ihnen aus. Ich hab dir gesagt, du sollst Geld verdienen, aber du wolltest nicht, ich hab dir gesagt, du sollst es von deinen Eltern verlangen, aber du wolltest nicht, also musste ich es selbst verdienen. Und womit soll ich es verdienen, wenn nicht mit meinem Körper? Ich sag es dir ins Gesicht, für die geliehenen dreitausend Kuai habe ich mit jemandem geschlafen. Was willst du, du hast sie doch mit Freuden eingesteckt, oder nicht?«

Während sich Guiqing wutschnaubend mit seinen Fesseln abmühte, sagte er: »Und wenn ich dabei verrecke, ich hacke dich in Stücke. Wenn nicht, kann ich mich auf dieser Welt nicht mehr sehen lassen.«

»Du kannst dich schon längst nicht mehr blicken lassen, das hättest du dir früher überlegen müssen. Du hast das Haus meiner Familie angezündet, meine Leute haben dich angezeigt, die Polizei hat gesagt, wenn du hier noch einmal auftauchst, verhaften sie dich, und du landest im Knast!« Einer der Brüder Yingzhis mischte sich ein: »Hör auf, dich mit ihm herumzuzanken! Lass ihn eine Weile hier in der Sonne schmoren, ich hole die Polizei.« Yingzhi rief ihrer Mutter zu: »Ma, koche den Polizisten was Gutes, sie sollen sich tüchtig satt essen. Der Scheißkerl hier wird ins Gefängnis wandern.«

Im Hof blieben nur Yingzhi und Guiqing zurück. Guiqing keuchte schwer. Yingzhi empfand plötzlich ein wenig Mitleid mit ihm, sie wollte sich eigentlich nur von ihm scheiden lassen und sich nicht ihn und seine Familie zu Todfeinden machen. Und im Übrigen hatte es mit Guiqing nicht nur schlechte Zeiten gegeben. »Ehrlich gesagt«, sagte sie zu ihm, »ich könnte der Polizei auch sagen, dass sie dich laufen lässt. Aber nur unter zwei Bedingungen: Erstens, du bist einverstanden, dass wir uns scheiden lassen. So wie es zwischen uns steht, könntest du dich auch nirgends mehr mit mir sehen lassen, nicht wahr? Und zweitens, das Geld für den Hausbau und das Geld, das du verspielt hast, alles zusammengerechnet sind das wenigstens zehntausend Kuai. Ich verlange nicht, dass du mir alles zurückgibst, aber die Hälfte sollte es schon sein, einverstanden? Wenn du das versprichst, helfe ich dir mit der Polizei, damit sie dich diesmal laufen lässt. Überleg mal, verglichen mit Gefängnis lohnt sich das.«

»Du schamloses Weibsstück. Glaub nur nicht, dass du in diesem Leben vor mir davonlaufen kannst. Ich zerquetsche dich, und zwar auf meinem Bett. Vom Geld für das Haus kriegst du keinen Fen zu sehen. Wenn du Geld willst, dann musst du dich bei mir abrackern, und kriegen tust du's erst, wenn du alt und grau bist.«

Diese Antwort machte schlagartig jedes Mitgefühl in Yingzhi zunichte. Sie gab ein kaltes Lachen von sich und sagte: »Glaub nur nicht, dass ich jemals in dein Haus zurückkehre. Ich wollte dir einen Ausweg zeigen, aber wenn du ihn nicht willst, umso schlimmer für dich.«

»Und wenn schon«, antwortete Guiqing. »Meine Frau hat es in unserem Haus mit einem anderen Mann getrieben, und jetzt bringt sie ihren eigenen Mann auch noch ins Gefängnis. Ich möchte wissen, wie du in den Spiegel schauen kannst!«

»Ist mir egal, ich kenne keine Scham mehr. Du hast mich

dazu gezwungen. Wo war denn meine Scham, als du mich wie eine Hündin geprügelt hast und ich in der Gegend herumlaufen und mich verstecken musste? Jeden Tag habe ich mir anhören müssen, wie deine Eltern mit gemeinen Bemerkungen und Anspielungen über mich hergefallen sind. Wo war da meine Scham? Ich will dir was verraten, die drei Monate, die ich weg war, habe ich Tag für Tag unter Männern zugebracht. Und jede Nacht habe ich mir gesagt, ich mache das, damit du vor Wut platzt. Du, Guiqing, hast mich behandelt wie Dreck, dafür soll eben Guiqings Frau anderen Männern was Gutes tun, sollen sich andere Männer mit ihr die Zeit vertreiben.«

Guiqing zerrte wie ein Verrückter an den Stricken, der Baum schwankte unter seinen Anstrengungen. Aber die Seile saßen fest und ließen ihm keine Chance freizukommen. Sein Gesicht verzerrte sich vor Wut zu einer abstoßenden Fratze. »Glaubst du, damit kommst du davon?«, fragte er. »Ich sage dir, ich werde es dir heimzahlen.«

»Wer soll es mir denn heimzahlen? Dein Vater? Deine Mutter? Was können sie mir antun, wenn du im Gefängnis sitzt? Träum deinen Herbsttraum* nur weiter!«

»Gut, ich sitz im Loch, aber für wie lange? Wenn ich rauskomme, bring ich dich um und deine ganze Familie dazu. Alle werd ich ausradieren!«

Yingzhi warf ihm einen hasserfüllten Blick zu: »Trau dich!«

Guiqing brüllte weiter: »Darauf kannst du Gift nehmen! Mehr als zehn Jahre kriege ich auf keinen Fall. Ich garantiere dir, in zehn Jahren gibt es auf dieser Erde keinen mehr von deiner Familie. Nichts von deinem Hurengestank wird auf dieser Welt übrig bleiben. Und wenn du bis ans Ende der Welt rennst, ich finde dich, ich schneide dir das Fleisch Stück für

* Titel eines Schlagers der neunziger Jahre.

Stück von den Knochen und füttere damit die streunenden Hunde, die Wildschweine, die Esel, Pferde, Hühner, Enten, Kröten, die Regenwürmer und sämtliche wilden Tiere unter dem Himmel. Wart's nur ab, wenn du's nicht glaubst! Ich, Guiqing, werde tun, was ich sage!«

Guiqings Ausbruch endete in einem Geheul, dem Geheul eines Wolfs in den Bergen. Es zog sich über das Dach von Yingzhis Haus bis in den dahinter liegenden Garten. Yingzhis Mutter, die im Garten Gemüse erntete, kam auf dieses Geräusch hin herbeigerannt und rief erschreckt: »Was ist los? Lass ihn bloß nicht entkommen.«

»Mama, das geht dich nichts an«, sagte Yingzhi.

»Ich gehe eine Flasche Sojasoße abfüllen«, sagte Yingzhis Mutter. »Leg dich auf keinen Fall mit ihm an, die Leute von der Polizei sollen ihn mitnehmen.« Guiqing gab ein verrücktes Lachen von sich: »Mich mitnehmen? Höchstens für ein paar Jahre, dann komme ich zurück, und dann bleibt von eurem Haus kein Staubkorn mehr übrig.«

Yingzhi lief unwillkürlich ein eisiger Schauer über den Rücken, Panik erfasste sie, ihr standen die Haare zu Berge. Ihr Neffe Shaoya und ihre Nichte Taotao spielten lachend und schreiend Fangen vor dem Haus, ihr Gelächter flog über die Hofmauer und fiel Yingzhi vor die Füße. *Ding dong, ding dong*, es klang silberhell wie ein Glöckchen. Das Geräusch vertrieb Yingzhis Panik plötzlich und löste einen heftigen Impuls in ihr aus. Sie wusste selbst nicht, was er bedeuten sollte, sie spürte nur, dass er ihren gesamten Körper in Brand setzte, sie konnte nicht mehr still stehen, nicht mehr still sitzen, nicht einmal mehr sprechen. In ihr brannte es so sehr, dass sie ziellos im Hof herumlief. Ihr flimmerte es vor Augen. Ich muss etwas tun!, dachte sie. Aber was? Unaufhörlich stellte sie sich diese Frage, fand jedoch keine Antwort. Sie riss und zerrte an ihren Haaren, und plötzlich sah sie den Benzinkanister, den

Guiqing mitgebracht hatte. Guiqing war gekommen, um ihr Haus abzubrennen. Dieser Kanister war noch größer als der letzte. Yingzhis Verwirrung und all ihre Ängste kristallisierten sich mit einem Schlag zu einer Idee, einer harten, grausamen Idee: Wenn du so weit gehst, kann ich dich nicht am Leben lassen! Welche Chance habe ich in diesem Leben, solange du auf der Welt bist? Und dann soll meine ganze Familie darunter leiden? Guiqing, dein Leben bedeutet meinen Tod, bedeutet Angst und Unruhe für meine ganze Familie. Es ist besser, ich lasse zuerst dich sterben.

Sie stürzte zum Kanister, ergriff ihn, schraubte den Deckel ab und schüttete den gesamten Inhalt über Guiqing. Der lachte noch immer sein wahnsinniges Lachen: »Umbringen willst du mich, mich, deinen eigenen Mann? Glaubst du, du kommst mit dem Leben davon, wenn du mich umbringst? Glaubst du, du kannst es fröhlich und unbesorgt mit anderen Männern treiben, wenn ich tot bin? Du wirst mich ins Grab begleiten!«

Yingzhi schrie ebenso wahnsinnig zurück: »Ob ich sterbe oder nicht, geht dich einen Dreck an! Heute bist du an der Reihe!«

Yingzhi hatte das ganze Benzin über ihm ausgeschüttet und suchte ringsum vergebens nach Streichhölzern. Plötzlich fiel ihr ein, dass Guiqing Raucher war. Sie stürzte zu ihm und durchwühlte seine Taschen. Guiqing konnte seine gefesselten Hände nicht rühren, daher stieß er mit dem Kopf nach ihr. Sie fischte die Streichhölzer aus seiner Hosentasche, strich besinnungslos eines davon an und warf das brennende Streichholz in einem Schwung auf Guiqing. In dem Moment, wo es Yingzhis Hand verließ, sah sie den vor Staunen starren Blick seiner Augen, als wollten sie sagen: Du tust es wirklich?

Noch bevor Yingzhi reagieren konnte, hörte sie einen lauten Knall, und Guiqing verwandelte sich in einen Feuerball.

Schrille Schmerzensschreie ertönten, Laute, die einem durch Mark und Bein drangen.

Yingzhi stand wie zur Salzsäule erstarrt da. Dass es so weit kommen würde, hatte sie sich nicht vorstellen können.

Während sie reglos auf ihn starrte, brannten die Stricke durch, die ihn fesselten. Der Feuerball entfernte sich plötzlich vom Baumstamm. Ein rot glühendes wildes Tier stürzte auf Yingzhi zu. Shaoya, der vor dem Tor gespielt hatte, hörte die Schmerzensschreie und kam in den Hof gerannt. Er sah Yingzhi dastehen wie verblödet, und er schrie mit sich überschlagender Stimme: »Tante, lauf weg! Schnell!«

Yingzhi kam zu sich und rannte aus dem Hof, so schnell sie konnte. Die Straße führte schnurgerade zum Dorfausgang, am Straßenrand reihten sich in buntem Durcheinander Häuser und vereinzelte Bäume und Büsche, Hühner flatterten, und Hunde rannten wild umher. Die Strahlen der Morgensonne waren bereits hervorgebrochen, die Schatten der Hausmauern reichten bis zur Straßenmitte. Aber nichts davon sah Yingzhi. Ein strahlender, die Augen schmerzender Feuerball folgte ihr auf den Fersen, blendender noch als die Sommersonne, schneller als ein Komet am Nachthimmel, grausamer als ein wildes Tier in den Bergen. Yingzhi konnte die heiße Welle des Feuers spüren, die auf sie zurollte und sich von hinten auf sie stürzte.

Der völlig in Funken eingehüllte Guiqing schrie jämmerlich, er hatte nur ein Ziel vor Augen, und das war Yingzhi. Wie ein blauer Schmetterling flatterte sie vor seinen Augen auf und ab, und diese auf und ab hüpfende Gestalt krampfte ihm das Herz zusammen. Er hatte nichts im Sinn, als sie zu packen. »Bleib stehen! Bleib stehen!«, schrie er. Seine Stimme klang zunehmend seltsam.

Irgendjemand begann hell zu kreischen, viele der Dörfler kamen aus ihren Häusern gerannt, jeder Hinzukommende stieß einen Schreckensschrei aus, alle Leute erstarrten und wussten nicht, was sie tun sollten. Yingzhis Haar hatte sich gelöst, ihre Schuhe waren ihr von den Füßen geflogen. Sie wusste, dass sie nicht mehr lange durchhalten würde, sie schrie um Hilfe, aber ihre Kraft reichte nicht aus, ihre Stimme versagte. Die Nacht drei Monate zuvor schoss ihr ins Gedächtnis, als sie ebenso gerannt war. Besser, sie wäre damals gestorben, als heute zu verbrennen, dachte sie.

Sie war kurz davor zusammenzubrechen, als plötzlich jemand auf Guiqing zuschoss, um ihn aufzuhalten. Guiqings Augen waren vom Feuer bereits angegriffen, er sah nur einen Schatten auf sich zukommen, er umarmte ihn und sagte mit undeutlicher, kaum vernehmbarer Stimme: »Yingzhi, du entwischst mir nicht …«, und brach zusammen. Der von ihm umarmte Schatten schrie ebenfalls vor Schmerz und stürzte mit ihm zusammen zu Boden.

Jemand rief: »Schnell, holt Wasser, Wasser zum Löschen!«

In kürzester Zeit war der Feuerball gelöscht. Guiqing war bereits vollkommen verkohlt, die von ihm zu Boden gerissene Person stöhnte und wimmerte vor Schmerzen. Als man sie auf den Rücken drehte, waren ihre Gesichtszüge kaum noch zu erkennen. In der Hand hielt sie eine Flasche mit Sojasoße. Erst als Shaoya auf dem Schauplatz erschien, löste sich das Rätsel. Weinend schrie er: »Das ist meine Oma. Ich erkenn sie an ihren Schuhen!«

Von all dem bekam Yingzhi nichts mit, sie war bis zur Station der Dorfpolizei gerannt und dort vor dem Eingang zusammengebrochen.

Als sie wieder zu sich kam, meinte sie, nicht mehr sehen zu können. Vor ihren Augen tanzte nur der schwankende Feuerball. Sie begann zu weinen. Auf jede Frage, die man ihr stellte, antwortete sie mit Tränen. Die Polizei aus der Kreisstadt war rasch zur Stelle, sie brachte Yingzhi im Streifenwagen fort. Einige Tage später erfuhr Yingzhi, dass es ihre Mutter gewesen war, die Guiqing aufgehalten und dabei schwere Verbrennungen erlitten hatte. Der Verbrennungsgrad lag bei über siebzig Prozent. Das Kreiskrankenhaus konnte sie nicht behandeln. Yingzhis Vater und ihre Brüder schafften sie in der gleichen Nacht mit einem Wagen nach Hankou. Sie verkauften alles, was auch nur den geringsten Wert besaß, sogar den Ochsen. Yingzhis Mutter starb trotzdem. Als sie starb, war ihr Gesicht pechschwarz, niemand konnte ihre Gesichtszüge erkennen. Sie murmelte ständig etwas vor sich hin, nur der Vater konnte verstehen, was sie sagte: Sie rief unaufhörlich Yingzhis Namen.

18. Kapitel

So kam es, dass Yingzhi hinter den hohen Mauern der Haftanstalt sitzt. Das Feuer auf Guiqing hat nicht ihren Körper verbrannt, aber ihr Herz. Tag für Tag spürt sie, wie sich der Feuerball auf sie stürzt und die Flammen sie verschlingen, sie rösten und foltern. Jeden Tag gießt sie sich viele Gläser kaltes Wasser in die Kehle. Sie will dieses Feuer löschen. Trotz der herrschenden Kälte wäscht sie sich morgens mit kaltem Wasser, aber das Feuer brennt hartnäckig weiter, es erlischt keine Sekunde.

Inzwischen ist sie mit Schwester Yu, ihrer Zellengenossin, befreundet. Schwester Yu ist bereits lange Zeit hier und sehr geübt darin, Fälle zu beurteilen. Sie analysiert Yingzhis Lage ausführlich und stößt jedes Mal einen langen Seufzer aus. »Dein Fall endet mit einem Todesurteil. Es ist unvermeidlich«, sagt sie zu Yingzhi.

Yingzhi hat sich damit abgefunden und empfindet keine Trauer mehr. Sie durchlebt ruhig und gefasst die ihr verbleibende Zeit. An klaren und schönen Tagen erinnert sie sich an ihr vergangenes Leben, und immer wieder drängt sich ihr eine Frage auf: Wie konnte das passieren?

Einen ganzen langen Winter hindurch wartet Yingzhi in der Haftanstalt auf die Urteilsverkündung. Auf deren Inhalt ist sie nicht im Mindesten gespannt. Sie hat begriffen, dass ihr inneres, wütendes Feuer sie verbrennen wird, gleichgültig, ob sie zum Tode verurteilt wird oder nicht.

Mit Anbruch des Frühlings tauchen die Blüten der Wildblumen das Flussufer in eine bunte Farbenpracht. Yingzhi wird gefesselt auf den Richtplatz geführt. Keiner aus ihrer Familie gibt ihr das letzte Geleit. Sie weiß, dass ihr Vater von Armut und Krankheit gezeichnet ist und die Familien ihrer beiden Brüder unter der Schuldenlast stöhnen. Ihr ist klar, dass sie die Familie ruiniert hat. Niemand wird ihren Leichnam in Empfang nehmen, die ganze Familie hasst sie abgrundtief. Zu Recht, wie Yingzhi findet. Sie kniet auf dem Boden, den Blick auf die Gewehrmündungen gerichtet. Nach dem Knall der Schüsse fällt sie um. In dem Moment, als sie ihren Kopf wendet, sieht sie den Boden der Richtstätte übersät mit aufgeblühten Wildblumen. Genau so schön wie am Flussufer in Fenghuangyuan, denkt sie. Und dann sieht sie plötzlich ein kleines Kind zwischen den Blumen herumtollen, und sie flüstert zwei Silben: »Qianhuo.«

2001, geschrieben in Wuhan

Nachwort des Übersetzers

In vielen Romanen Fang Fangs ist die Erzählung eines Einzelschicksals zugleich die Erzählung eines Ausschnitts der jüngeren chinesischen Geschichte und seiner spezifischen historischen, gesellschaftlichen, wirtschaftlichen und moralischen Zustände. Im Roman *Weiches Begräbnis** richtet die Autorin den Blick auf die »Bodenreform« in den frühen Jahren der kommunistischen Machtergreifung und ihre Nachwirkungen bis in die Gegenwart. Die Ereignisse werden im Roman häufig präzise datiert, die Lebensgeschichte der Protagonistin wird in die Geschichte Chinas zwischen 1949 und dem Beginn des 21. Jahrhunderts eingebettet.

Der Roman *Wütendes Feuer* (Erstveröffentlichung 2002) umfasst dagegen nur wenige Jahre des kurzen Lebens seiner Protagonistin Yingzhi und enthält keine Jahresangaben oder historisch datierbaren Ereignisse. Dennoch ist er zeitlich und geographisch lokalisierbar: Die Geschichte von Yingzhi spielt in der ersten Hälfte der neunziger Jahre auf dem Land in der Provinz Hubei in Mittelchina, der Heimatprovinz der Autorin.

* Hoffmann und Campe Verlag 2021, übersetzt von Michael Kahn-Ackermann.

Es ist eine Zeit des Umbruchs. Die wirtschaftliche Entwicklung Chinas beschleunigt sich rasant; »Wanderarbeiter« beginnen sich in Massen aus den ländlichen Regionen in die urbanen Zentren in Bewegung zu setzen; die Lebensverhältnisse in den Städten entfernen sich immer weiter von denen in den Dörfern. Die ebenso beengenden wie beschützenden Klammern staatlicher Fürsorge und Kontrolle durch die »Einheit«*, die das Leben jedes Menschen bis ins private Detail beherrschten, lockern sich. Der Markt beginnt das sozialistische Zuteilungssystem abzulösen. Geld, das bis in die achtziger Jahre im chinesischen Alltag eine nachgeordnete Rolle gespielt hatte, da der Zugang zu begehrten Nahrungsmitteln und Konsumgütern von einem Zuteilungssystem reguliert wurde, übernimmt die zentrale Rolle für die Befriedigung von Bedürfnissen aller Art.

Es sind die Anfangsjahre eines gigantischen gesellschaftlichen Veränderungsprozesses, der bis in die Gegenwart andauert. Wir im Westen pflegen zumeist nur die schnelle wirtschaftliche Entwicklung des Landes und den Aufstieg Chinas zur Weltmacht als Ergebnis dieses Prozesses zur Kenntnis zu nehmen, ohne uns genauer für die kolossalen sozialen, kulturellen, seelischen und geistigen Veränderungen, Spannungen und Verwerfungen zu interessieren, die er ausgelöst hat und die ihn bis heute begleiten. Es handelt sich um nichts Geringeres als eine gesellschaftliche Revolution im Rahmen eines gleichbleibenden politischen Systems.

In eben diese Veränderungen, Spannungen und Verwerfungen führt uns Fang Fangs *Wütendes Feuer*. Zum besseren Verständnis ein kurzer Blick auf einige Aspekte der Entwicklung Chinas nach dem Ende der »Kulturrevolution«

* Basisorganisation der chinesischen Gesellschaft: Arbeitsplatz, Ausbildungsstätte oder Wohnbereich.

(1966–76) und dem Beginn der Politik der »Reform und Öffnung« (1978).

Von den Reformbestrebungen in den achtziger Jahren hatten zunächst vor allem die Bauern profitiert. Die Kollektivierung von landwirtschaftlichem Grund und Boden und die Zwangseingliederung der Bauernschaft in »Volkskommunen« wurden rückgängig gemacht, die Bauern konnten ihr Land wieder frei und nach eigenem Gutdünken bewirtschaften. Es entstanden massenhaft »freie Märkte« für landwirtschaftliche Produkte, womit die Versorgungs- und Hungersnöte der vergangenen Jahrzehnte verschwanden. Ein beträchtlicher Teil der bäuerlichen Bevölkerung gelangte zu einem wenn auch sehr bescheidenen Wohlstand, vor allem im Umkreis der großen Städte. In vielen Dörfern entstanden private bäuerliche Kleinbetriebe. Sprichwörtlich wurden die *wanyuanhu* (万元户), die »Zehntausend-Yuan-Haushalte«. Zehntausend Yuan (umgangssprachlich Kuai), heute kaum mehr als das Monatsgehalt eines Facharbeiters, waren zu Beginn der neunziger Jahre eine gewaltige Summe. Wie der Roman deutlich macht, reichte sie für den Bau eines stattlichen Hauses auf dem Land. San Huo, der Gründer und Manager der nach ihm benannten Musikband im Roman, ist ein Vertreter dieser neureichen Bauernunternehmer. Sie waren häufig Gegenstand von Spott und Neid.

Die Befreiung der Landbevölkerung (etwa achtzig Prozent der Gesamtbevölkerung) von den Zwängen der Kollektivwirtschaft hatte widersprüchliche Konsequenzen: Einerseits befreite sie einen substanziellen Teil der ländlichen Bevölkerung aus drückender Armut, andererseits führte sie zum Wiederaufleben von traditionellen gesellschaftlichen Strukturen, Rollenmustern und Überzeugungen. Im Kollektiv der »Volkskommunen« waren beispielsweise Männer wie Frauen arbeitspflichtig gewesen, beide wurden, wenn auch unterschiedlich, entlohnt. Die Kinderbetreuung und andere Aufgaben des Alltags und der Versorgung übernahm häufig das Kollektiv. Mit dessen Verschwinden zeigte sich rasch, dass die traditionellen Familienstrukturen und Clanhierarchien mitsamt ihren Moralvorstellungen und Verhaltensnormen weit wirkungsmächtiger waren als die von der offiziellen Ideologie verkündeten Versprechungen einer »neuen Gesellschaft« der Gleichberechtigung. Die Frauen hatten wieder sämtliche Haushaltspflichten zu übernehmen und sich der Autorität ihrer Männer und Schwiegereltern zu unterwerfen. Daneben mussten sie weiterhin auch Feldarbeit verrichten. Ehen wurden im Regelfall von den Eltern arrangiert, die Clans übernahmen wieder viele der zuvor ans Kollektiv delegierten Entscheidungsbefugnisse.

Aber auch in den Städten waren Lebensgefühl und Moralvorstellungen bis weit in die achtziger Jahre in vieler Hinsicht noch bäuerlich geprägt. Die Wohnverhältnisse waren äußerst beengt, Konsum- und Kulturangebote beschränkt und rationiert, das Straßenbild wurde beherrscht von Fahrrädern, Omnibussen und Lastautos. Noch bis in die achtziger Jahre waren Esel- oder Pferdekarren im Pekinger Straßenbild alltäglich. Verglichen mit dem Zugriff der »Einheit« auf das Alltagsleben der Menschen in der Stadt war das Leben auf dem Land sogar weniger reglementiert. So waren zum Beispiel, wie der Roman deutlich macht, sexuelle Kontakte vor und außerhalb der Ehe auf dem Land nicht unüblich, wenn auch offiziell verboten und moralisch geächtet. In den Städten dagegen waren sie bis in die neunziger Jahre aufgrund der rigiden administrativen und sozialen Kontrolle gefährlich und hatten bei Entdeckung schwerwiegende Konsequenzen, zum Beispiel den Ausschluss vom Universitätsstudium, Verlust des Arbeitsplatzes oder sogar Gefängnisstrafen.

Infolge der nach der blutigen Niederschlagung der Studentenproteste im Jahr 1989 von Deng Xiaoping* 1992/93 durchgesetzten Beschleunigung und Erweiterung der Wirtschaftsreformen, der verstärkten Marktorientierung und des Zustroms von ausländischem Kapital und industriellem Know-how änderte sich die Situation dramatisch. Vor allem die südliche Provinz Kanton sowie die Provinzen und urbanen Zentren im Osten Chinas erlebten eine rasante wirtschaftliche Entwicklung. Sie änderte die Arbeits-, Lebens- und Konsumgewohnheiten der dortigen Bevölkerung grundlegend. Die Städte nahmen nicht nur äußerlich den Charakter moderner Metropolen an, auch der Lebensstil, die Bedürfnisse und Anschauungen ihrer Bewohner modernisierten sich. Verdienstmöglichkeiten und Bildungschancen nahmen in den Boom-Regionen sprunghaft zu, Moden und kulturelle Bedürfnisse orientierten sich zunehmend an westlichen Vorbildern. Die Jugend hörte Schlager aus Taiwan statt traditionelle Lokalopern und revolutionäre Lieder, Seifenopern aus Hongkong ersetzten in der Publikumsgunst die Filme kommunistischer Heldenverherrlichung. Die Scheidungsraten stiegen sprunghaft. Autos verdrängten die Fahrräder, McDonald's und KFC hielten Einzug. Es entstand eine zahlenmäßig und wirtschaftlich substanzielle chinesische Mittelklasse – ein neues Phänomen in der Geschichte des Landes.

Mit den Veränderungen wuchs die Kluft zwischen ländlichen und urbanen Regionen nicht nur in wirtschaftlicher Hinsicht. Das dörfliche China und dessen Bewohner gerieten zunehmend in den Geruch der »Rückständigkeit«. Nicht nur wirtschaftlich gelangte das Land gegenüber den Wachs-

* Deng Xiaoping (1904–1997), Architekt der Politik der »Reform und Öffnung«, faktischer politischer Führer Chinas zwischen 1979 und 1997, enger militärischer und ziviler Mitarbeiter Mao Zedongs, mehrfach seiner Ämter enthoben und wieder eingesetzt, Vertreter der pragmatischen Richtung in der Kommunistischen Partei Chinas.

tumsregionen ins Hintertreffen, verstärkt wurde diese Entwicklung durch die Benachteiligung bei den Bildungs- und Aufstiegschancen. Die Stadt und ihre Lebensformen wurden zum Sehnsuchtsort vieler Jugendlicher auf dem Land. Der bereits in den achtziger Jahren beginnende Trend der Abwanderung junger bäuerlicher Arbeitskräfte in die Wachstumsregionen wuchs rasch zu einem gewaltigen Strom von sogenannten Wanderarbeitern, ungelernten jüngeren Bauern, die im Süden des Landes ihr Glück suchten. Sie bildeten die Manpower-Grundlage von Chinas Aufstieg zur »Werkbank der Welt«. Das »Glück«, das sie suchten, bestand oft genug aus ausbeuterischen und ungesicherten Arbeitsverhältnissen, harten und gefährlichen Arbeitsbedingungen, dem Verlust familiärer Bindungen und einem in armseligen Unterkünften zusammengepferchten Leben. Hinzu kam, dass das rigide Haushaltsregistrierungssystem Chinas die zugewanderten Arbeiter und Arbeiterinnen von sozialen Leistungen in den Zuwanderungsorten, wie dem Zugang zum Bildungs- und Gesundheitssystem, ausschloss und bis heute ausschließt. Aber verglichen mit den Verdienstmöglichkeiten und den Lebensbedingungen in den Herkunftsdörfern war die »Fahrt in den Süden« überwältigend attraktiv. Was die jungen Leute aus den Dörfern in der Stadt fanden, waren nicht allein bessere Verdienstmöglichkeiten, sondern auch Lebensformen und urbane Konsumgewohnheiten, die von den Zwängen der Dorfgemeinschaft und der Familie befreit waren. Dieses neue Lebensgefühl brachten die Wanderarbeiter auf den obligatorischen Familienzusammenkünften zum Neujahrsfest zurück in ihre Heimatdörfer. Sie verstärkten auf diese Weise die Konflikte zwischen den Generationen und stimulierten die nachwachsende Generation, es ihnen gleichzutun. Die Bereitschaft, dauerhaft in die als rückständig empfundenen Heimatdörfer im Binnenland zurückzukehren, nahm rapide ab. Die Dörfer leerten sich, zurück blieben vor allem Alte, in deren Obhut viele Eltern ihre Kinder zurückließen, um den Sprung »in den Süden« zu wagen. In der Folge verfielen kleinbäuerliche Landwirtschaft, dörfliche Familienbindungen und Infrastrukturen. Das Interesse an der Feldbestellung nahm ab. Diese Probleme bestehen bis heute.

In diesen Strudel gesellschaftlicher, kultureller und moralischer Umwälzungsprozesse gerät das junge, lebenshungrige und attraktive Bauernmädchen Yingzhi, und sie verbrennt darin.

Wie in vielen ihrer Romane und Erzählungen gehören Fang Fangs Interesse und Mitgefühl auch in *Wütendes Feuer* den Verlierern und Vergessenen der dramatischen Geschichte ihres Landes, ohne sie zu idealisieren oder romantisch zu verklären. Und wie auch in den anderen Werken paaren sich in diesem Roman klare, Spannung erzeugende Erzählstrukturen, realistisch-facettenreiche Personendarstellung und soziales Engagement mit einer dem gesellschaftlichen und lokalen Milieu der handelnden Personen entnommenen Sprache, vor allem in den zahlreichen Dialogen. Den Übersetzer stellt die Verwendung der farben- und bildreichen Wendungen und Ausdrücke der bäuerlichen Lokalsprache ihrer Heimatprovinz vor Herausforderungen.

Vieles im Roman und im Verhalten seiner Personen mag den deutschen Lesern fremd und manchmal schwer verständlich erscheinen. Doch vermittelt er genaue, literarisch verarbeitete Einblicke in das spannungsreiche und widersprüchliche Leben der Menschen im heutigen China zwischen Tradition und Zukunft.

Fang Fang zählt zur Gruppe der neorealistischen Erzähler Chinas. Sie ist weder Parteimitglied noch Dissidentin, sie ist eine jederzeit streitbare Humanistin. Damit gerät die in ihrer Heimat berühmte und mit vielen Preisen ausgezeichnete

Autorin im gegenwärtigen China in Schwierigkeiten. Seit der Veröffentlichung ihres *Wuhan Diary** im Jahr 2020 ist sie Opfer einer gegen sie inszenierten Hetzkampagne in den sozialen Medien und hat faktisch Publikationsverbot.

* Fang Fang, *Wuhan Diary: Tagebuch aus einer gesperrten Stadt*. Hoffmann und Campe Verlag 2020, übersetzt von Michael Kahn-Ackermann.

Fang Fang
WUHAN DIARY
Tagebuch aus einer gesperrten Stadt
352 Seiten, gebunden
ISBN 978-3-455-01039-8
Auch als Taschenbuch erhältlich
ISBN 978-3-455-01040-4
Hoffmann und Campe Verlag

Wuhan: Am 25. Januar, zwei Tage nachdem erstmals in der Geschichte eine 9-Millionen-Einwohner-Stadt komplett von der Außenwelt abgeriegelt wurde, beginnt Fang Fang online Tagebuch zu schreiben. Millionen Chinesen folgen ihren Gedanken und ihren Geschichten aus dem unmöglichen Alltag – vom Zorn über die Untätigkeit und Vertuschungsmanöver der Behörden während der Anfangsphase der Epidemie und der Unterdrückung warnender Stimmen, bis zur Anerkennung der wirkungsvollen Maßnahmen der Regierung in den Wochen danach. Fang Fang liefert den unverstellten Blick auf die Katastrophe »von unten«, ganz nah an den Menschen, ihren Ängsten und Nöten, aber auch ihren kleinen Freuden und dem speziellen Wuhaner Humor selbst in dunkelsten Stunden. Zugleich wurde ihr Wuhan Diary in China zum Gegenstand erbitterter Auseinandersetzung über den Umgang mit kritischen Stimmen und Verantwortung – und somit über Chinas künftigen Weg.

»Ihr Buch ist einzigartig. Es bringt uns die Chinesen nahe, öffnet ein Fenster zu einer privaten Welt, die wir nicht kennen. Es ist tragisch und paradox, dass ausgerechnet diese zutiefst menschliche, auf ihre Art patriotische Stimme zum Schweigen gebracht werden soll.«
ttt - titel thesen temperamente

Fang Fang
Weiches Begräbnis
Aus dem Chinesischen von Michael Kahn-Ackermann
448 Seiten, Hardcover
ISBN 978-3-455-01103-6
Auch als Taschenbuch erhältlich
ISBN 978-3-455-01140-1
Hoffmann und Campe Verlag

Wer China verstehen will, sollte diesen mit dem renommierten Lu-Yao-Preis ausgezeichneten Roman lesen: Fang Fang rührt an die Traumata der chinesischen Seele.

In einem kleinen Dorf wird eine junge Frau halbtot aus einem Fluss gezogen. Sie erinnert sich an nichts. Der Dorfarzt Dr. Wu rettet ihr das Leben und zusammen beginnen sie ein neues: Sie wird Haushälterin des lokalen Kaders der Kommunistischen Partei, heiratet ihren Retter Dr. Wu. und sie bekommen einen Sohn. Im Laufe der Jahre löst sich der schützende Kokon des Vergessens, doch nur das Schweigen kann die Familie bewahren. „Weiches Begräbnis" bedeutet auch, die Erinnerungen so tief zu begraben, dass gefährliches Wissen für immer verlorengeht. Im Schatten dieses Traumas wächst ihr Sohn auf – doch als er beginnt, die Vergangenheit zu erforschen, ändert sich alles.

»Ein spannendes und berührendes Buch, das mit seinen Gedanken zum individuellen und kollektiven Erinnern und Vergessen nicht nur für China hochaktuell ist.«
Deutschlandfunk »Büchermarkt«